Francesca Melandri

*Über Meereshöhe*

Francesca Melandri

# Über Meereshöhe

Roman

Aus dem Italienischen von Bruno Genzler

Verlag Klaus Wagenbach Berlin

Die italienische Originalausgabe erschien 2012 unter dem Titel *Più alto del mare* bei Rizzoli in Mailand, die deutsche Übersetzung erstmals 2012 im Karl Blessing Verlag in München.

*Über Meereshöhe* ist der zweite Band der Trilogie der Väter.

Wagenbachs Taschenbuch 812
8. Auflage 2023


Emser Straße 40/41, 10719 Berlin www.wagenbach.de
Umschlaggestaltung: Julie August unter Verwendung einer Fotografie © mauritius images/imageBroker/Olivier Digoit.
Autorenporträt © Elisabetta Claudio. Das Karnickel auf Seite 1 zeichnete Horst Rudolph. Gesetzt aus der Bembo.
Gedruckt und gebunden bei Pustet, Regensburg.


ISBN 978 3 8031 2812 6

*Für Tante Maria Teresa,*
*die große Lehrmeisterin bedingungsloser Liebe*

(…) auch alle Gewerkschaftssekretäre betonen immer wieder: Der Terrorismus ist objektiv der heimtückischste Verbündete der Arbeitgeberschaft. Wird der Terrorismus nicht besiegt, kann das die Arbeiterbewegung um Jahrzehnte zurückwerfen.

*Aus einem Artikel des »Corriere della Sera« von Walter Tobagi, der am 28. Mai 1980 von der Brigata XXVIII Marzo ermordet wurde.*

In Utopia gibt es keine Empathie.

*Jeremy Rifkin*

Thalassa klyzei panta tanthropon kakà
»Das Meer wäscht alle Übel vom Menschen ab.«

*Euripides: Iphigienie bei den Taurern, 1193*

# EIN JAHR ZUVOR

Eine Luft so voller Düfte, nein, das hatten sie nicht erwartet.

Dass sie nachts kämen, das schon, das hatten sie sich immer so vorgestellt, und als sie dann aus den Gefängnissen in ganz Italien herausgeholt wurden, war der Himmel tatsächlich so schwarz wie ein fauler Zahn.

Mit Chinooks rückten sie an, ta-tà ta-tà ta-tà, als kämen sie nicht aus Praia a Mare oder Viterbo angeflogen, sondern geradewegs aus Vietnam. Es waren Soldaten, die herumbrüllten, und andere – blonde Männer mit geschorenen Schädeln –, die stumm blieben wie Fels und den Ablauf der Aktion überwachten. Amerikaner, wie man später erfuhr. Aber auch das wunderte sie nicht.

Sie hatten Todesangst, und doch blickten sie, bevor sie im Bauch des Hubschraubers verschwanden, noch einmal zum Himmel hinauf. Er war fast dunkel: Neumond. Auch das war bei der Planung der Operation bedacht worden, dass das Meer nicht vom Vollmond erhellt und mit silbernem Glitzern, von oben betrachtet, die Küstenlinie verraten würde. Nur das Licht der Sterne, die flimmernd und unverrückbar an ihrem Platz am Himmel standen, hatten selbst die Agenten des Imperialismus und des Kapitals nicht zu löschen vermocht. Manche Gefangene hatten die Sterne schon seit Monaten nicht mehr gesehen, andere seit Jahren. Wer hätte schon sagen können, ob und wann sie sie je wiedersehen würden.

Sie waren bereits seit einer Weile in der Luft, als sich ein Soldat im Tarnanzug in munterem Ton an sie wandte:

»So, aufgepasst, wir öffnen jetzt die Klappe und bringen euch das Fliegen bei.« Als wolle er den vielen Stimmen im Land recht geben, die damals der Ansicht waren, dass in Italien längst Zustände wie in Südamerika herrschten. Doch hinausgeworfen wurde dann niemand.

Nach der Ankunft, auf dem kurzen Weg zwischen den Hubschraubern und dem weißen Gebäude, wurden sie mit Fußtritten und Knüppelhieben traktiert, damit ihnen keine Zeit blieb, sich zu orientieren und sich darüber klar zu werden, wo sie gelandet waren. Doch eine gewisse Ahnung hatten sie bereits. Seit Wochen erzählte der Gefängnis-Buschfunk von emsigen Arbeiten an einem großen flachen Gebäude am äußersten Ende einer Insel, weit entfernt sogar von den kleineren Gefängnissen auf dieser Insel, von den normalen Häftlingen, den Verwaltungsbüros, der Landebrücke, dem Dorf mit den Wohnungen der Aufseher, mit Schule und Kirche, weitab sogar von dem einsamen Leuchtturm auf seiner Klippe, kurzum, fern von Gott, fern von den Menschen, fern von der ganzen Welt. Hinzu kam, dass sich einige Zeit zuvor im Kreis bestimmter Parlamentarier, die seit Monaten jede Nacht in einer anderen Wohnung schliefen und dabei Geld und Pass stets griffbereit auf dem Nachttisch liegen hatten – das Gerücht verbreitet hatte, im Falle eines Militärputsches würde ebendort, auf dieser Insel, ein Lager eingerichtet. Dorthin wollte man die namhaftesten politischen Gegner deportieren.

Zunächst pferchte man die Gefangenen in einem großen Raum zusammen und gab ihnen nichts zu essen, nur ein wenig Wasser zu trinken. Am dritten Tag hatten sie alle Bauchschmerzen, lahme Glieder, Kopfschmerzen, aber ihnen war klar, dass sie sich glücklich schätzen mussten, nach drei Nächten hier drinnen überhaupt noch am

Leben zu sein. Damit hatten sie vor der Verlegung oder besser »Überführung« nicht unbedingt rechnen können. Vom vierten Tag an bekamen sie Nahrung. Einige wenige, von den anderen sehr beneidet, hatten sogar wieder Stuhlgang. Mehr und mehr nahm ihnen der Gestank den Atem, aber sie trösteten sich mit dem Gedanken, dass der Mief auch die Aufseher erfasste, wenn sie durch den einzigen Spion einen Blick zu ihnen hinein warfen. Nach einer Woche wurden sie zum Duschen gebracht. Das Wasser war kalt und kam nur in Schüben, doch für sie war es ein unermesslicher Genuss. Nummern, Häftlingskleidung, Zellen wurden verteilt, und der Alltag begann in diesem neuartigen Gefängnis mit den ganz besonderen Haftbedingungen. Kurzum, im Grunde war alles mehr oder weniger so, wie sie es erwartet hatten.

Nur dieser Duft, der war anders. Mit dem hatte selbst der weitsichtigste Planungschef, der erfahrenste Lebenslängliche nicht rechnen können. Während sie unter Gebrüll und Tritten aus den Chinooks getrieben wurden, hatte die Insel sie mit ihrem Geruch erfasst. Ihre Herzen, wie in der Erinnerung an eine große verlorene Liebe, setzten einen Schlag aus, ihre Körper, durch die Haft verkümmert, erfüllte neues Verlangen. Manch einer blieb stehen, ließ Schläge und Tritte über sich ergehen, nur um die Insel wieder und wieder ganz tief in sich aufzunehmen.

Es roch nach Salz, nach Feigen und Strohblumen.

# BESUCHE

Die Insel lag nicht auf hoher See, auch wenn es so schien. Vom Festland, eigentlich selbst nur eine Insel – wenngleich eine der größten des Landes –, trennte sie eine Meerenge. Auf den ersten Blick konnte man meinen, dass sie schwimmend leicht zu durchqueren wäre. Die Winde, die durch sie hindurchfegten, trugen alles fort, jeden Dampf, jeden Rauch, jede Unreinheit der Luft, selbst die schwärzlichen Wolken der Ölraffinerie am Hafen, und so wirkte die Insel so nahe, als könne man hinübergreifen. Aber das täuschte. Ihre klaren Umrisse verdankte sie dem starken Atem des Mittelmeeres, das sich von hier aus weit und leer bis nach Gibraltar öffnete und in der Meerenge Strömungen zusammenführte, die tatsächlich eine Durchquerung für jeden noch so guten Schwimmer unmöglich machten.

Selbst für Schiffe war es nicht leicht, diese Meeresstraße mit dem Wasser von der Farbe kupfersulfatblauer Reben zu überqueren. Darunter wimmelte es von tückischen Felsen, die unversehens jeden Kiel aufschlitzen könnten, wenn man sie in einem Wellental überfuhr. Und bei den wandernden Sandbänken auf dem Meeresgrund ließ sich nur mithilfe eines Echolots feststellen, wohin der letzte Südweststrom sie getrieben hatte. Um von dem Industriehafen auf der großen Insel hinüberzugelangen, musste also der Bug fast in entgegengesetzte Richtung, aufs offene Meer hinaus, gerichtet werden. Erst nach einigen Seemeilen konnte man das Steuerrad drehen und auf die beiden wie Kamelhöcker geformten Erhebungen zuhalten. Und schon kurz darauf war dann von der Raffinerie mit ihren Schornsteinen, rot und weiß wie riesengroße Zuckerstangen, fast nichts mehr zu sehen.

Die Insel lag nicht auf hoher See, auch wenn es so schien. Ganz ähnlich wie ich, dachte Paolo. Und sofort war ihm, als höre er Emilia sagen: Hör doch auf, in allem Symbole zu erkennen. Die Dinge sind das, was sie sind. Mehr nicht. Es war noch die fröhliche Stimme der selbstbewussten jungen Frau, die, frisch verheiratet, seinen Kopf zwischen die Hände genommen und auf ihre Brust gelegt hatte, damals als der Schmerz sie noch nicht vernichtet und ihm genommen hatte.

Paolo lehnte sich über die Brüstung und blickte in den weißen Schaum, der durch das Zusammenspiel von grauem Stahl und nachtblauem Meer entstand. Das Kielwasser des Passagierschiffes spreizte sich v-förmig auf einer fast öligen Oberfläche. Als sie, nach der Überfahrt mit der Autofähre, auf der Mole auf dieses Schiff warteten, hatte Paolo einen vielleicht dreißigjährigen Mann sagen hören, dass die glatte See wohl nichts Gutes verheiße. Er trug die graue Uniform des Gefängnispersonals, aber seine feinen Gesichtszüge hätten auch die eines Seminaristen oder Schauspielers sein können. Eine Hand an der Pistolentasche, hatte er das Einholen des Landungsstegs überwacht, als wollte er sicherstellen, dass niemand heimlich an Bord ging. Paolo hatte sich gefragt, wer sich bloß unbemerkt an Bord schleichen sollte, um ausgerechnet auf diese Insel zu gelangen.

*Die Komplizen eines Ausbruchs.*

»Und der Mond hatte heute Nacht einen Hof«, fügte der Vollzugsbeamte mit den feinen Gesichtszügen noch an. Er sprach mit einem Matrosen, der gerade das letzte Tau von der Landebrücke löste. Dieser sog die Luft zwischen den Zähnen ein, wie um die Ängste des anderen zu zerstreuen, und erklärte dann in einem Dialekt oder einer Sprache, von der Paolo nur einen Teil verstand und den Rest erraten musste: Sein Kapitän werde die Fähre ganz sicher rechtzeitig zurückbringen, heute komme sein Sohn aus den USA zurück, da habe er bestimmt nicht vor, sich von einem Seesturm auf der Insel festhalten zu lassen. Paolo betrachtete das Meer. Einen Moment lang vergaß er, wer er war und wohin er fuhr, vor allem aber aus welchem Grund. Sein Blick ruhte nur auf dem Wasser, das ihn umgab. Es war immer noch so glatt wie zuvor, doch vor der Sonne hatte sich ein dunklerer Schleier gebildet.

*Glatt wie ein kostbarer Stoff, wie Seide.*

Der Vergleich brachte Paolo zu sich selbst zurück – so wie Gedanken das eben tun –, und dieser kurze, wohltuende Moment des Vergessens war dahin. Er hob den Blick. Es war keine öffentliche Fähre, auf der sie übersetzten, denn der Zugang zur Insel war gesperrt, und wer hinüberwollte, musste schon einen guten Grund dafür haben. Und das konnte nur einer sein.

Wie immer, wenn es zurückkehrte, legte sich das Bewusstsein seiner selbst wie ein schwerer Grabstein auf seine Brust. Paolo öffnete den Mund und stieß die Luft so kräftig aus, als müsse er sich tatsächlich von einer schweren Last befreien. Seit wie vielen Jahren schon entfuhren ihm diese unwillkürlichen, lauten Seufzer, die noch kein Stöhnen waren, aber auch schon mehr als ein bloßes Ausatmen, und mit denen er immer rechnen musste, auch wenn er irgendwo von Menschen umgeben war: an einem Gemüsestand auf dem Markt etwa, in einer Warteschlange auf der Post, beim Mittagessen im Haus seiner Schwester? Es war wirklich keine schwere Frage, die

Antwort kannte er: drei Jahre, sechs Monate und ein paar Tage.

Auf einer angerosteten, weiß lackierten Bank auf dem Vorderdeck saß eine Afrikanerin. Sie blickte starr vor sich hin, ihr Profil wie eingeritzt in dunkles Holz. Ihre Kleider schienen aufs Geratewohl aus einer großen Kiste herausgegriffen, vielleicht im Lager irgendeines Wohlfahrtsverbandes. Doch selbst in dem unförmigen, für das noch milde Klima zu dicken Mantel, den ihre außergewöhnlich langen dunklen Finger mit den makellosen rosafarbenen Nägeln zusammenhielten, war sie eine wahre Schönheit. Ob ihr das bewusst war?

Die meisten Passagiere waren Frauen, nur wenige Männer. Da es oben kühl war, saßen fast alle unter Deck im Aufenthaltsraum, der mit unbequemen Holzbänken eingerichtet war. Und alle hatten sie ein Paket dabei, in Packpapier, in Sackleinen oder in große Plastiktüten eingewickelt, jedenfalls keinen Koffer, sondern etwas, das nicht mit zurückgenommen würde von dem Ort, zu dem sie unterwegs waren.

Auf Deck befanden sich neben Paolo nur die Afrikanerin und eine blonde Frau, der er, wenn er sich nicht täuschte, schon einmal begegnet war. Sie mochte dreißig, vielleicht aber auch schon fünfzig Jahre alt sein. Eine jener Frauen, die so aussahen, als seien sie mit zwölf schon in der Lage gewesen, auf die jüngeren Geschwister aufzupassen und für die ganze Familie Suppe zu kochen und die Wäsche zu bügeln. Eine der Frauen, die mit zwanzig bereits bei all ihren häuslichen Tätigkeiten über die gelassene Routine der mittleren Jahre verfügten. Nicht dass sie schwer oder dick gewesen wäre, ganz im Gegenteil, sie besaß den schlanken, kräftigen Körper eines Menschen, der daran gewöhnt war, ihn auch einzusetzen. Vielleicht war sie in jungen Jahren eine gute Sportlerin gewesen. Was sie am Leibe trug, schien ihr bestes Kleid zu sein, obwohl es jetzt zerknittert war von einer Reise, die wahrscheinlich bereits vor dem Überqueren dieser Meeresenge lang und anstrengend gewesen war. Paolo erinnerte sich jetzt wieder, wann er sie schon einmal gesehen hatte: am Vorabend, beim Einschiffen auf die Autofähre, die sie vom Festland zu der großen Insel hinübergebracht hatte. Später war er ihr nicht mehr begegnet. Allerdings hatte er danach auch sofort seine Kabine aufgesucht und sie bis zum Anlegen an diesem Morgen, im Hafen neben der Ölraffinerie, nicht mehr verlassen.

Jetzt stand die Frau am Bug, die Hände an der Reling, den Mund ein wenig geöffnet, und schien den Blick ihrer fast kindlich weit aufgerissenen Augen nicht von der Weite des Meeres um sie herum abwenden zu können.

Paolo war sich sicher: *Es ist das erste Mal, dass sie das Meer sieht.*

Sechs Bänke waren auf dem Vorderdeck des Schiffes, drei auf jeder Seite.

Die Geländer links und rechts bestanden aus sieben Stangen, die zwei waagerechte Rohre sowie den Handlauf trugen.

Zellen für den Transport der Häftlinge gab es acht, aber sie befanden sich auf dem Unterdeck, und da sie nicht zu sehen waren, zählte Luisa sie auch nicht.

Es lief alles gar nicht so schlecht, sagte sie sich häufig. Oder zumindest hätte auch alles viel schlechter laufen können. Was man da sonst so für Geschichten mitbekam: etwa von der bedauernswerten Frau, der ein Richter die Besuchsgenehmigung mit der Begründung verweigerte, für dieses Trimester habe sie alle ihr zustehenden Besuche bereits ausgeschöpft, wodurch sie plötzlich erfuhr, dass ihr Mann vor der Behörde eine andere als seine Ehefrau ausgab, während sie, die echte Ehefrau, sich allein zu Hause um die fünf gemeinsamen Kinder kümmern musste. Oder von dieser anderen Frau, die damals in Voghera neben Luisa an dem langen Tisch in dem Besuchsraum gesessen und ihrem inhaftierten Mann ein Paar selbst gestrickte Hüttenschuhe mitgebracht hatte. »Ich will keine Pantoffeln, ich will hier raus!«, hatte er sie angeherrscht und ihr die Hüttenschuhe ins Gesicht geworfen.

Immer wieder spielten sich in den Besuchsräumen dramatische Szenen ab. Viele Frauen von Gefangenen hatte Luisa beim Abschied weinen sehen – sehr viel häufiger als beim Eintreffen, das aber sicher nicht nur wegen der Trennung. Sie selbst allerdings hatte in all den Jahren (neun waren es und zehn Monate) noch nichts Schlimmes erlebt, und deshalb sagte sie sich, dass sie ja noch Glück hatte. Ihr Mann pflegte die Pakete, die sie ihm brachte, mit einem Kopfnicken anzunehmen, oftmals bedankte er sich sogar.

Manchmal hatte Luisa sogar auf der anderen Seite des langen Tisches kurz das Gesicht wieder vor sich gesehen, in das sie sich verliebt hatte, als er sie zum ersten Mal zum Tanz ausführte. Ziemlich bald nach ihrer Hochzeit war dieses Gesicht dann aber verschwunden, und erst Jahre später hatte sie es wiederentdeckt, und zwar an dem Tag, als sie ihn zum ersten Mal mit einem ihrer Kinder besuchte.

Er hatte gerade sein endgültiges Strafmaß erhalten, als Irene, ihre Zweitjüngste, von ihrem ersten Schultag nach Hause kam und erklärte, sie wisse nun, dass Papa tot sei. Die Lehrerin habe es ihr verraten, die habe gesagt: »Deinen Vater gibt es nicht mehr.«

Seitdem hatte Luisa immer, wenn es sich einrichten ließ, ihre Kinder zu den Gefängnisbesuchen mitgenommen. Alle fünf zusammen war unmöglich, aber zwei oder drei, das schaffte sie. Das war allerdings noch vor dieser schlimmen Geschichte in Volterra, also bevor er in eines dieser speziellen Gefängnisse gesteckt wurde, in die mit Glasscheibe und Gegensprechanlage und so weiter: Vorher hatte er sich sogar noch die Kinder auf den Schoß setzen dürfen.

Die Anwesenheit von Kindern im Besuchsraum stimmte alle freundlicher, weniger reizbar. Nicht nur die anderen Häftlinge und Besucher, sondern auch das Aufsichtspersonal. Sobald auch nur ein Kind auf dem Arm seines Vaters im Raum war, sah man immer wieder ein Lächeln. Einmal hatte ein Zellennachbar ihres Mannes, ein Hüne mit Händen wie Bügelbretter und Daumen wie Bratwürste, ihrem jüngsten Sohn Luca gezeigt, wie man aus Papier kleine Bumerangs herstellte, und ihm dann vorgemacht, sie mit einem gefühlvollen Schnalzen von Daumen und Zeigefinger in die Luft zu werfen. Wie die Propellerblätter eines Hubschraubers rotierten diese kleinen Kommas aus gefaltetem Papier durch den Raum, schwebten hinweg über die zusammengesteckten Köpfe der ins Gespräch vertieften Häftlinge und ihrer Angehörigen, flatterten an den vergitterten Fenstern vorbei über die alten Holztische und kehrten schließlich wie treue Hunde zu ihren Herrchen zurück.

Luca war damals fünf. Wieder zu Hause redete er tagelang über nichts anderes als diese Bumerangs und ihren Konstrukteur, und als der nächste Besuch anstand, bestürmte er Luisa, wieder mitgenommen zu werden, obwohl nun eigentlich Irene oder Ciriano an der Reihe waren. Dann brachte er wieder die gesamte Besuchszeit damit zu, zusammen mit diesem Häftling gefaltete Papierfetzen fliegen zu lassen. Der Vater griff nicht ein in dieses Spiel, beobachtete es nur schweigend, die Lippen zum Anflug eines Lächelns geöffnet, die Pupillen geweitet, wie um noch intensiver mit den Augen diesen Anblick seines spielenden Sohnes in sich aufnehmen zu können. Und Luisa erkannte dabei den Blick wieder, mit dem er sie an jenem ersten Tanzabend angeschaut hatte, in der Zeit vor ihrer Hochzeit, bevor sie mit dem Gesicht gegen Balken oder die Kanten der Anrichte gestoßen war, bevor das ganze Drama begann.

Zu Ende der Besuchszeit, bevor sie mit Ciriano gegangen war, hatte dieser Mithäftling sie angesprochen: »Keine Sorge, Kindern von Freunden würde ich nie im Leben etwas tun.«

Luisa hatte nicht verstanden, was diese Aussage zu bedeuten hatte. Beim nächsten Besuch fragte sie ihren Ehemann, und der erklärte ihr, dass der Mann in Haft war, weil er sich an kleinen Kindern vergangen hatte. Hier im Besuchsraum aber habe nie jemand erlebt, dass er einem Kind zu nahe gekommen sei. Ganz im Gegenteil würden sie alle immer wieder nach ihm fragen.

Nach der Geschichte in Volterra und der zweiten Verurteilung saß ihr Mann dann in Gefängnissen, die zu weit von zu Hause entfernt lagen, um die Kinder dorthin mitnehmen zu können. Und diesen Gesichtsausdruck – versunken, heiter, gerührt, offen – hatte sie nie mehr bei ihm gesehen.

Mittlerweile war sie fast vierundzwanzig Stunden unterwegs, aber müde war sie nicht. Sie hatte auf der Autofähre geschlafen, in einem Sessel im Passagierraum, den Kopf auf dem Paket für ihren Mann, das sie auf ihrem

Schoß hielt. Am Morgen zuvor war sie um zwei Uhr aufgestanden, um noch vor der Abreise die Kühe zu melken und so den Älteren etwas Arbeit abzunehmen, sodass auch ihre beiden Jüngsten problemlos zur Schule kamen. Auch das war ja etwas, womit sie sich glücklich schätzen konnte: Ihre Kinder waren größer geworden, waren keine Knirpse mehr wie anfangs, als alles geschah, und Anna, die Älteste, erst elf war, Luca zwei und die drei anderen Kinder dazwischen. Jetzt war das Nesthäkchen so alt wie damals ihre Größte, die jetzt schon zwanzig war. Zwanzig! Zwei Jahre älter als Luisa bei ihrer Hochzeit …

Und schon war sie wieder mittendrin im Zählen und Rechnen. Rechnen, zählen, bei jeder Gelegenheit. Sie rechnete die Liter Milch aus, die sie jeden Morgen an die Molkerei lieferte; die Wochen, die es noch dauerte, bis eine ihrer Kühe kalbte; das Alter jedes einzelnen ihrer Kinder in jener Nacht, als die Carabinieri anrückten und ihnen den Vater nahmen. Sie schrieb sich die Ziffern auf dem Stromzähler auf und rechnete sich aus, wie viel sie an welcher Stelle noch sparen konnten, auch wenn die Kinder wussten, dass kein Licht gemacht wurde im Haus, bis man sich fast den Kopf an der Wand stieß, weil es so dunkel war. Sie berechnete die Raten für die Waschmaschine und zählte das Geld nach, das sie einnahm. So wie damals, als ihr ein Fleischer den Betrag für ein Kalb, das er kaufen wollte, in die Hand gedrückt hatte und sie schnell feststellte, dass es weniger war, als er ihr schuldete. Und sie wusste auch, warum: Die Leute dachten, eine Frau, die ohne Mann dastand, lasse sich leicht betrügen. Doch sie hatte die Scheine gezählt, dann noch mal nachgezählt und ihn schließlich ruhig und kühl dazu aufgefordert, draufzulegen, was noch fehlte, sonst würde das Kalb eben auf dem Hof bleiben. Der Mann hatte so getan, als handele es sich um ein Versehen, er müsse sich wohl verzählt haben. Ja, ganz bestimmt! Vermutlich hätte er es gar nicht erst versucht, wenn er gewusst hätte, dass Luisa sogar die Holzlatten der Bänke auf dem Kirchplatz gezählt hatte (acht) oder auch die Schritte, die zwischen ihrem Haus und dem Heuschober lagen (sechsundzwanzig).

Hin und wieder, vor allem mitten in der Nacht, schwirrten ihr all diese Zahlen durch den Kopf, sodass sie nicht schlafen konnte. Um sie zu vertreiben, stellte sie sich den warmen Atem der Kühe vor, ihre weißen, samtweichen Euter, den Geruch von Lab, Mist, Heu und Holz, der sie am Morgen im Stall empfangen würde. Und sie sagte sich, dass es wohl nicht mehr lange dauerte, bis es Zeit war aufzustehen, die Schürze umzubinden, in die Gummistiefel zu steigen und zum Melken in den Stall zu gehen, um auf diese Weise, ohne sinnlose Grübeleien, den Tag zu beginnen. Die Augen weit offen, lag sie in der Dunkelheit und wartete so ungeduldig auf diesen Augenblick wie eine Liebende auf den Geliebten.

Nur eines berechnete Luisa nie: die Jahre, die ihr Mann noch absitzen musste. Ohnehin hatte der Anwalt ihr gesagt, dass die schockierende Anzahl von Jahren, die vom Richter in Florenz verkündet und vom Berufungsgericht später bestätigt worden war, nicht viel zu bedeuten habe. Und nach den Ereignissen im Gefängnis von Volterra, genauer nach dem, was ihr Mann dort getan hatte, wusste sie selbst, dass diese Zahl so rutschig war wie eine nasse abschüssige Wiese: Wie schnell konnten Jahre hinzukommen, Jahrzehnte, ein ganzes Leben. Nein, die Dauer der Strafe zu berechnen, wäre reine Zeitverschwendung. Und Zeit zu verschwenden hatte Luisa nun wirklich nicht.

Auch jetzt noch nicht, da ihre Kinder herangewachsen waren. Mittlerweile packte sogar Luca schon mit an, sammelte im Hühnerstall die Eier ein und fütterte die Kaninchen mit Gras. Und die beiden ältesten, Anna und Ciriano, konnten die Wirtschaft in Haus und Stall wenn nötig auch allein, ohne ihre Mutter, aufrechterhalten.

Ja, sie hatte noch Glück, und das sagte sie sich auch immer wieder. Fünf gut geratene Kinder, anständig und fleißig, daran gewöhnt, sich jederzeit nützlich zu machen. Manche der Frauen in ihrem Dorf, die ihren Mann zu Hause hatten, beneideten sie darum. An dem Tag, als Ciriano die Prüfung für den Traktorführerschein bestand, hatte sie vor Freude geweint. Fast zehn Jahre lang hatte sie selbst den Traktor fahren müssen, der ohrenbetäubend laut war und nach Diesel stank. Wenn man da drauf saß, blieb einem wirklich nichts anderes zu tun übrig, als zu zählen: die bereits gepflügten Reihen, die Furchen, die noch zu ziehen waren, die Meter, die bis zur nächsten Wende fehlten. Nach einem solchen Tag, das Feld hoch und runter, in einem fort, wie ein Hamster im Käfig, war Luisa schließlich wie erschlagen vom Traktor gestiegen, das Kreuz taub von den Vibrationen, den Kopf leer von Lärm und Langeweile, das Gesicht schwarz von den Auspuffgasen, die ihr der Wind entgegenblies. Und dann war noch das Abendessen zu kochen gewesen, die Wäsche zu bügeln, Kleider zu stopfen. Es waren diese Stunden, in denen sie ihren Mann tatsächlich vermisst hatte: mehr als am gedeckten Mittagstisch, auf dem ein Teller fehlte, mehr als nachts im Bett, das leer – auch wenn sie dies niemals jemandem gestanden hätte – eher eine Erleichterung für sie war. Nein, beim Traktorfahren war es, dass Luisa der Ehemann fehlte. Und eben deswegen war sie so glücklich, als Ciriano seinen Führerschein bekam.

Den Besuch im Gefängnis hatte sie für einen Dienstag beantragt. Da waren die Kinder in der Schule, und sie brauchte sich weniger Sorgen zu machen. Am Montagmorgen hatte sie sich auf die Reise gemacht, und Mittwochabend wollte sie, wie Anna versprochen, wieder zu Hause sein.

Der Samstag zuvor war mit Kochen dahingegangen. Dabei ließ sie sich von Irene und Luca, den beiden Jüngsten, helfen, und gemeinsam bereiteten sie gefüllte Ravioli zu. Ravioli in großer Menge, damit ihr Mann den anderen Häftlingen etwas abgeben konnte. Es war ihm nie leichtgefallen, Kontakte zu knüpfen, selbst als jungem Kerl nicht, auch nicht in Freiheit. Und umso schwerer tat er sich heute damit. Vielleicht half es ihm da etwas, die Leckereien von zu Hause mit anderen Gefangenen teilen zu können.

Einhundertdreiundfünfzig Ravioli. Sie hatten sie mit ausreichend Abstand auf dem ganzen Küchentisch ausgebreitet, um sie trocknen zu lassen. Nach einigen Stunden legte Luisa sie sorgsam, Stück für Stück, in eine Schachtel, bestreute sie mit Grießmehl und trennte die Lagen noch einmal mit Ölpapier, damit sie nicht aneinanderklebten. Luca hatte mit trauriger Miene zugesehen, wie sie die Schachtel verschloss, ohne auch nur eine einzige Teigtasche draußen zu lassen.

»Das ist gemein«, sagte Irene.

Luisa hatte den Blick gehoben. Irene war die Tochter, die ihr noch die meisten Sorgen machte, weil sie in der Schule ständig mit den Freundinnen schwatzte und sich kaum für die Mittlere Reife interessierte, die sie in diesem Jahr schaffen sollte. Sie hatte das dunkle Haar ihres Vaters, und ihre Augen wanderten ständig umher, als suchten sie etwas. Zwar half sie im Haushalt, aber nur wenn man sie dazu aufforderte. Nein, sie war nicht wie Anna und Maddalena, die selbst sahen, was zu tun war.

»Du weißt doch, dass sie für deinen Vater sind«, hatte Luisa geantwortet.

»Der hat's gut.« Und damit war Irene, mit der perfekten Grobheit ihrer vierzehn Jahre, aus der Küche gestürmt.

Die Schachtel in der Hand stand Luisa da und spürte, wie ihr die Ohrfeige, die sie ihrer Tochter zu geben verpasst hatte, in den Fingerspitzen kribbelte.

Gestern Morgen hatte sie dann, nachdem die Kühe fertig gemolken waren, für alle das Frühstück gemacht und die Waschmaschine beladen, für die noch neunzehn Raten abzubezahlen waren. Das Paket, das im Gefängnis bleiben würde, hatte sie bereits am Vorabend gepackt und ebenso die Tasche mit den wenigen Dingen, die sie selbst für die Reise benötigte. Als sie das Haus verließ, war der Himmel immer noch schwarz, und kein Hahn krähte, nicht einmal der ungeduldige vom Nachbarhof, der den Sonnenaufgang immer mindestens eine Stunde zu früh verkündete. Sie hatte die Kanne mit der noch warmen Milch an den Straßenrand geschoben, zum Abholen für den Tankwagen der Molkerei, der jeden Morgen vorbeikam. Erst dann hatte sie sich mit dem Paket unter dem Arm und der Tasche über der Schulter zu Fuß auf den Weg zum Dorfplatz gemacht, wo an Werktagen frühmorgens um 5:03 Uhr der Bus zur Kreisstadt abfuhr. Von dort aus nahm sie den ersten der vielen Züge ihrer Reise, so wie sie es mittlerweile schon oft getan hatte, anfangs um den Prozess zu verfolgen, später für ihre Besuche in den Haftanstalten. Auf diese Weise hatte Luisa viele Städte gesehen; manche kannte sie schon aus der Geografiestunde in der Grundschule (Florenz, Mailand), von anderen hatte sie nicht einmal den Namen gehört (Fossombrone, Voghera). Dieses Mal jedoch lag ihr Ziel noch weiter entfernt.

Man hatte ihren Mann in ein Gefängnis überführt, das anders war als die, die sie kannte. Eines jener Sondergefängnisse, von denen in Italien wohl eine ganze Reihe eingerichtet worden waren. Denn es herrsche eine Art Bürgerkrieg im Land, so hieß es, und die politischen Häftlinge müssten als Kriegsgefangene betrachtet und auch so behandelt werden. Luisa wusste nichts davon, doch ebenjene Passagierfähre, auf der sie jetzt übersetzte, trug den Namen eines Opfers in diesem bewaffneten Konflikt: ein Vollzugsbeamter, der einige Jahre zuvor während einer Revolte in einem Gefängnis getötet worden war. Und seit man im Jahr zuvor einen der wichtigsten Politiker im Land zunächst entführt und dann ermordet hatte, war das Leben in diesen Strafanstalten noch härter geworden.

Mit diesem Bürgerkrieg, der jetzt die Schlagzeilen der Tageszeitungen beherrschte, hatte Luisas Mann eigentlich nichts zu tun. Doch auch er hatte einen Vollzugsbeamten getötet. Ohne Waffe, mit Fäusten und Tritten. Es hatte nicht lange gedauert, bis die anderen Wärter an Ort und Stelle waren, aber als sie ihren Kollegen unter dem Häftling hervorzogen, mochten sie kaum glauben, dass jemand mit bloßen Händen, und in so kurzer Zeit, einen Mann derart entstellen konnte.

Drei Tage später starb der Beamte. Aus diesem Grund hatte man Luisas Ehemann auf die Insel gebracht. Denn will man jemanden wirklich absondern vom Rest der Welt, gibt es keine Mauer, die höher wäre als das Meer.

Und so kam es, dass Luisa dieses Mal beim Aufbruch neben der Anspannung, der Unsicherheit, dem ganzen Gefühlswirrwarr, mit dem sie immer die langen Reisen antrat, die sie zu ihrem Ehemann führten – Gefühle, die sie mit Vorbedacht keiner allzu genauen Prüfung unterzog –, dass sie dieses Mal also etwas verspürte, das neu war, aufregend, ein Gefühl, das sie sich selbst niemals eingestanden hätte: Vorfreude.

Denn das Meer hatte sie zuvor noch nie gesehen.

In der Nacht war der Mond von einem Hof umgeben. Das hatte der Strafvollzugsbeamte Nitti Pierfrancesco beobachtet, als er gestern, wie an jedem dienstfreien Abend, nachdem sie gegessen hatten und die Kinder im Bett lagen, mit seiner Frau zu einem kleinen Spaziergang am Meer aufgebrochen war. Genau genommen, war sie es sogar, die ihn darauf aufmerksam gemacht hatte; denn wenn er am Strand spazieren ging, der wie ein weißes Komma dem Verlauf der Bucht folgte, richtete er den Blick weniger auf den Himmel als vielmehr auf die Lichter der gegenüberliegenden Küste.

Wie oft hatte er dorthin gestarrt, damals als junger, gerade mal zwanzigjähriger, noch lediger Wachtmeister, den man auf eine Insel geschickt hatte, von der er bis dahin höchstens wusste, dass es sie irgendwo gab. Wenn er jetzt daran zurückdachte, musste er lachen: Wie hatte er das Leben auf dem Festland vermisst – die Mädchen, die Spritztouren mit den Kollegen nach Feierabend, die Bars, kurzum die Jugend, der er sich trotz seiner Uniform immer noch zugehörig gefühlt hatte –, dass er beim Blick auf die Lichterreihen an der fernen Küste zu erkennen glaubte, dass es sich um eine Diskothek handelte. Dann setzte er sich in den Sand, der weiß wie Schnee im Mondschein funkelte, während die Lichter des Gefängnisses, in das man ihn versetzt hatte, durch die Landspitze verdeckt wurden, und verging vor Sehnsucht nach den schimmernden

Verheißungen dort in der Ferne. Auch die Geräusche, die ihn umgaben, trugen zu dieser Stimmung bei. Die Brandung der See, der Ruf eines Uhus, das Grunzen eines Wildschweins, das im Unterholz wühlte: Er fühlte sich erdrückt von dieser Überfülle der Natur. Und so meinte er an manchen Abenden sogar zu hören, wie ihm der Wind von der gar nicht so fernen, doch unerreichbaren Küste den Widerhall einer fröhlichen Musik zutrug. In diesen Momenten steigerte sich die Sehnsucht zu Schmerz, und Pierfrancesco traten Tränen in die Augen.

Nachdem er schon einige Wochen auf der Insel lebte, kehrte er an seinen ersten freien Tagen mit der Passagierfähre aufs Festland zurück. Und erst da machte er sich die Lage der Insel bewusster und begriff: Diese Lichter, nach denen ihn solch ein heißes Verlangen gepackt hatte, kamen nicht aus einer Diskothek, sondern waren die Scheinwerfer der Ölraffinerie.

Seiner Frau hatte er das nie erzählt. Bereits am ersten Abend, den Maria Caterina, frisch verheiratet, auf der Insel erlebte, hatte sie mit untrüglichem Orientierungssinn erkannt, dass diese Lichter zu dem Chemiewerk am Hafen gehörten, von dem aus sie mit der Passagierfähre übergesetzt war. Die einsamen Tränen, die er als ganz junger Bursche dort am Strand vergossen hatte, waren also das erste Geheimnis, in das Pierfrancesco seine Frau nicht einweihte. Weitere sollten folgten – Geheimnisse, die nicht so harmlos waren. Doch dies war das erste. Aber wer will schon vor seiner jungen Braut als Idiot dastehen?

Und auch gestern Abend war es seine Frau gewesen, die ihn auf den Mond aufmerksam gemacht hatte.

Als sie das Haus verlassen hatten, nahm sich Maria Caterina noch einmal vor, ihm auf dem Spaziergang die Frage zu stellen. Diese Frage war weder kompliziert noch lang oder schwer zu verstehen. Nein, sie war im Gegenteil ganz, ganz einfach:

*Was ist los mit dir?*

Nur das wollte sie ihren Ehemann, den Strafvollzugsbeamten Nitti Pierfrancesco fragen.

Seit Monaten schon schaffte sie es nicht. Und jedes Mal, wenn ihr die Frage auf der Zunge gelegen hatte, ohne dann gestellt zu werden, wurde sie wieder etwas schwerer, belastender, schnürte ihr Tag für Tag ein wenig fester die Brust zusammen. So wie gestern Abend. Es war dieses unheimliche Licht, das ihre Entschlossenheit ins Wanken gebracht hatte. Anstatt ihm endlich jene Frage zu stellen, hatte sie auf den Mond gedeutet und gesagt:

»Sieh mal!«

Das krumme Oval des Dreiviertelmondes war von einem milchigen Hof umgeben, der fast regenbogenbunte Reflexe in die Dunkelheit warf. Der Strand, der mit seinem weißen Sand selbst bei Neumond noch leuchtete, wirkte nun matt.

Alle beide hatten sie geschwiegen, während ihre Hände sich unwillkürlich suchten. Der Spaziergang fiel kürzer als gewöhnlich aus. Und auch wenn sie kein Wort darüber verloren, waren beide erleichtert, als sie endlich wieder ein von Menschenhand geschaffenes Dach von diesem befremdlichen Himmel trennte.

Der Häftling war ein Mann mittleren Alters, dunkler Typ, nicht besonders groß, und sah aus, wie aus einer Zahnpastatube gepresst: Sein Körper war unten schmal, um sich bis zu den Schultern mehr und mehr zu verbreitern, und der Umfang seiner Oberarme reichte fast an den der Oberschenkel heran. Er saß auf einer mit dem

Fußboden verschraubten metallenen Bank, die Ellbogen auf die Knie gestützt, den Kopf zwischen den Händen.

*Nicht den Kopf runterhalten, so wirst du ganz sicher seekrank.* Das hätte der Vollzugsbeamte Nitti zu ihm sagen können, doch der schwieg.

Der Mann starrte auf seine Füße, und es war offensichtlich, dass auch er wenig Lust zu reden hatte.

Wahrscheinlich war er wegen Vergewaltigung möglicherweise eines Kindes verurteilt worden. In der Regel waren den Vollzugsbeamten die Straftaten der Neuankömmlinge nicht bekannt, es sei denn, sie waren in Prozessen verurteilt worden, die durch die Presse gegangen waren. Nitti wusste jedoch, dass er ihn nach den Aufnahmeformalitäten in der Zentrale in eines der »Kittchen«, wie die kleineren Gefängnisse auf der Insel genannt wurden, zu bringen hatte, in dem nur Pädophile und Vergewaltiger einsaßen. Das waren die einzigen Gefangenen, die man nie mit anderen Häftlingen zusammenbringen durfte; selbst bei Arbeiten im Freien, auf dem Feld oder im Weinberg, musste man immer darauf achten, dass ein genügend großer Sicherheitsabstand zu den anderen bestand. Sonst wäre es ihnen schlecht ergangen.

Seit der neue Direktor das ganze System auf den Kopf gestellt hatte, arbeitete Nitti schichtweise in allen Zweigstellen, auch im Sondergefängnis, alle sechs Wochen. Doch als er damals, vor zehn Jahren, frisch von der Ausbildung auf die Insel gekommen war, hatte man ihn eben diesem »Kittchen« zugewiesen. Der Leiter des Gefängniskomplexes hatte ihn fest angesehen und gesagt: »In Ordnung, Engelsgesicht, deine Vorgesetzten haben mir berichtet, dass du ein guter Mann bist. Ich will dir Ärger ersparen. Du kommst zu den Kinderschändern und Vergewaltigern.«

Zunächst hatte er an einen üblen Scherz geglaubt. Doch es stimmte tatsächlich: Die Außenstelle für Häftlinge mit Sexualdelikten war gar nicht so übel, ja, der Dienst war so leicht wie in kaum einer anderen Abteilung.

Hier gehörte keiner der Inhaftierten irgendeiner Organisation an, einer Bande, einer bewaffneten politischen Gruppe oder der Mafia. Es waren Männer, die zutiefst einsam waren, innerlich zerstört und daher wehrlos gegenüber dem Gefängnisbetrieb. Völlig anders als die Terroristen, egal ob rot oder schwarz. Die bildeten selbst im Knast feste Gruppen, und hatte man mit einem von denen Ärger, musste man sich auch vor dessen Genossen in Acht nehmen. Die mochten sich korrekt verhalten und vielleicht sogar gebildet sein, sahen in einem aber nur die Uniform. Oder, wie sie selbst sagten: den Staat. Und diesem verhassten Staat wünschten sie nur eines: dass er möglichst bald zugrunde ging. Also auch du.

Vergewaltiger dagegen waren nicht einmal so gefährlich und gewalttätig wie Berufsverbrecher. Denn auch die hingen alle irgendwie zusammen, waren verwickelt in ein Netz aus Fehden, Blutrache und Konkurrenzkämpfen, von dem man von außen unmöglich etwas erahnen konnte, bis man dann eines Tages beim Hofgang unter einem Vorwand abgelenkt wurde. Und kaum hatte man kapiert, dass irgendwas im Busch war, hatten die schon in deinem Rücken jemanden niedergestochen. Wenn man dann aber von dem armen Kerl, falls er überlebte, wissen wollte, wer das getan hatte, kam das große Schweigen. Der hätte nichts verraten, nicht mal unter Folter.

Darüber hinaus waren die Pädophilen auch nicht so verschlagen und verlogen wie Drogenabhängige und Dealer, die immer versuchten, einen auf ihre Seite zu ziehen. Die wollten zunächst nur eine Zigarette, dann einen kleinen Gefallen, dann einen größeren, bis man plötzlich mit einem tückischen Leim aus Erpressung, Mitleid und Verachtung beschmiert war, der einen dazu verleitete, weniger auf der Hut zu sein, und dann durftest du dich nicht wundern, wenn praktisch vor deinen Augen der Stoff ins Gefängnis geschleust wurde.

Ja, der Direktor hatte ihm damals tatsächlich einen Gefallen getan: Pädophile und Vergewaltiger waren die Häftlinge, die einem am wenigsten Scherereien machten.

Von den Zellen im Bauch der Fähre war heute nur diese eine belegt. Bei rauer See, wenn die Motoren lärmten und der Fußboden unter den Füßen wegsackte, drehte es Nitti dort unten regelmäßig den Magen um. Doch noch schlimmer war es, wenn Häftlinge seekrank wurden: Männer in Handschellen von der Kotze zu säubern, war keine angenehme Tätigkeit. Ein Glück also, dass heute nicht getanzt wurde. Bislang zumindest nicht, denn dieses schmutzige Weiß gestern Abend am Himmel verhieß nichts Gutes. Sie durften keine Zeit verlieren und mussten so schnell wie möglich alle wieder auf der Mole versammeln, damit die Fähre spätestens gegen ein Uhr zur Rückfahrt ablegen konnte. Denn dass das Wetter umschlagen würde, war klar zu erkennen.

In der letzten Woche hatte es einen Brückentag mit entsprechend vielen Besuchern gegeben. Heute ging es sehr viel ruhiger zu. Die meisten Passagiere auf der Fähre gehörten zum Gefängnispersonal oder zu dessen Familien oder arbeiteten in der Krankenabteilung; Besucher waren kaum darunter, keine zwanzig. In der Wettervorhersage war Sturm angekündigt worden, und wer konnte, hatte seine Visite verschoben. Blieb nur zu hoffen, dass von den Besuchern niemand zum Sondergefängnis musste.

Normalerweise wurden die Häftlinge, die Besuch bekamen, zu ihren Terminen in die Zentrale nicht weit von der Anlegestelle gebracht. Nur die aus dem Hochsicherheitsgefängnis durften nicht raus. Also mussten sich deren Angehörige zu ihnen auf den Weg machen, zu dem flachen Gebäude ganz am anderen Ende, dem Punkt der Insel, der am weitesten von der Landebrücke entfernt war. Dieses Hochsicherheitsgefängnis war die einzige Außenstelle, die niemand auch nur im Traum »Kittchen« genannt hätte, eine kindliche, fast zuneigungsvolle Bezeichnung, die überhaupt nicht zu den harten Haftbedingungen passte, die dort herrschten. Nun gut, der Matrose, mit dem er sich vorhin unterhalten hatte, war ja davon überzeugt, dass der Kapitän auf alle Fälle rechtzeitig zurückfahren würde, bevor der Maestrale losbrach. Gut für ihn, gut für alle. Aber Nitti konnte das eigentlich egal sein. Er selbst war, wenn sie die Insel erreicht hatten, zu Hause angekommen.

Sein Zuhause. Das war sie tatsächlich, diese Insel, die ihm, als er dort als junger Bursche anfing, wie ein Gefängnis im Freien vorgekommen war. Nicht für die Häftlinge, nein, für ihn selbst. Und heute war es ihm unmöglich, sich den noch in weiter Ferne liegenden, doch unvermeidlichen Tag vorzustellen, da er in Pension gehen würde und die Insel verlassen musste. Es war ganz ähnlich wie bei den Häftlingen mit Freigang. Wenn sich, nachdem man jahrelang hier die Schafe gehütet, Felder bestellt und Reben beschnitten hatte, die Haftzeit dem Ende zuneigte, brach so manch einer in Tränen aus und flehte den Direktor an, ihn bitte nicht davonzujagen. Pierfrancesco erinnerte sich an einen Sechzigjährigen aus der Barbagia auf Sardinien, der nach einem Vierteljahrhundert auf der Insel in sein Heimatdorf zurückkehren sollte, weil er seine Strafe verbüßt hatte. Dieses Dorf war von einer schon Jahrhunderte währenden mörderischen Fehde, zu der er selbst einen nicht unbeträchtlichen Beitrag geleistet hatte, fast entvölkert worden. Am Morgen seiner Entlassung, bevor er an Bord der Fähre ging, suchte er noch einmal den Schafstall auf, um von den Tieren Abschied zu nehmen, die er jahrelang gehütet hatte, fiel ihnen um den Hals und küsste schluchzend jedes einzelne.

Luisa hielt sich an der Reling fest und atmete tief ein und aus.

Den Geruch des Meeres hatte sie auch schon am Abend wahrgenommen, als sie an Bord der Autofähre gegangen war, doch war er da noch mit der dicken Luft der Industriestadt vermischt gewesen, mit den Dieselschwaden vom Hafen, vor allem aber dem Atem des gesamten Festlandes, das hinter ihr lag. Die Sonne war schon fast am Horizont verschwunden, und Luisa hatte sich vorgenommen, auf Deck hochzugehen, sobald sie auf dem offenen Meer wären. Auf hoher See, im Dunkel der Nacht! Sie konnte es kaum erwarten. Doch die Müdigkeit nach drei Zügen, einem Überlandbus und dem frühen Aufstehen am Morgen war stärker gewesen: Kaum hatte sie in einem der Sessel im Aufenthaltsraum unter Deck Platz genommen, war sie auch schon eingeschlafen.

Jetzt, an Deck der Passagierfähre, schien die Sonne, das Licht war hell, wurde jedoch durch einen Schleier gefiltert, den das Wasser mit metallischem Glitzern reflektierte. Mühelos glitt das Schiff über die glatte See. Luisa beobachtete die Möwen, die sich mit ausgebreiteten, starren Schwingen von den Lüften tragen ließen, und fing an, sie zu zählen: Sieben waren es, und weitere schlossen sich an. Doch diese Weite um sie herum, vor allem aber das Zusammentreffen von Wind, Wasser und Salz, enthoben sie dem Wunsch zu zählen.

Vor vielen Jahren, als sie jung verheiratet waren, hatten sie und ihr Mann eines Sonntags eine Wanderung unternommen, zu einem der Gipfel der Gebirgskette über dem Tal, aus dem sie stammten. Schwierige Stellen, an denen zu klettern gewesen wäre, gab es nicht, aber man brauchte eine gute Ausdauer. Die hatte Luisa, denn von früh auf war sie daran gewöhnt, den Kühen ihres Hofes nachzurennen und die Wiesen an den Hängen zu mähen. So erreichten sie ihr Ziel schon früher als gedacht. Auf dem Gipfelkreuz stand: ›2302 Meter über Meereshöhe‹. Während ihr Mann das Gipfelbuch aus der verzinkten Dose unter dem Gipfelkreuz hervorholte, schaute Luisa sich um. Noch nie zuvor war sie so hoch hinausgekommen, noch nie hatte sie solch eine weite, offene Aussicht erlebt, von keinerlei Bergflanken verstellt. Wie alle Bauernkinder ihrer Gegend hatte sie die Sommer mit dem Vieh auf Almweiden verbracht, aber das hier war etwas anderes: Da keine höheren Berge um sie herum waren, konnte ihr Blick in weite Fernen wandern, die ihr völlig unbekannt waren, über diese Gebirgskette hinaus und über die nächste ebenso und die übernächste auch und weiter und weiter, immer fort. Im Angesicht dieser ungeheuren Weite war Luisa verstummt. Ihr Mann aber, der beim Aufstieg schon mehr als einmal zur mit Grappa gefüllten Feldflasche gegriffen hatte, begann zu singen. Seine Stimme übertönte das Rauschen des Windes, auf dessen unsichtbaren Schwingen, nur wenige Meter unter ihnen, eine schwarze Krähe schwebte. Luisa legte den Zeigefinger vor die Lippen.

»Schsch! Hör doch …!«

Dem Ehemann den Mund zu verbieten, war sicher nicht das, was Ende der Fünfzigerjahre von einer braven Bauersfrau erwartet wurde. Ganz gewiss aber war es nicht das, was Luisas Ehemann erwartete. Er packte sie am Unterarm und hielt sie fest.

»Was hast du gesagt?«, zischte er.

Von seiner Alkoholfahne erfasst, schloss Luisa die Augen.

»Was hast du gesagt?!«

Jetzt packte er sie an den Schultern und stieß sie, mit dem Gesicht voraus, auf den Abgrund zu.

»Du willst also, dass ich den Mund halte? Soll ich wirklich den Mund halten?«

»Nein …«, murmelte Luisa, die Beine bleischwer vor Schreck und Überraschung.

Auf dem Heimweg bat er sie um Verzeihung, sagte ihr, dass er sie liebe, dass er nicht im Ernst daran gedacht habe, sie hinunterzustoßen, so etwas würde er nie im Leben tun. Und sie glaubte ihm. Es war das erste Mal, dass dieser schöne junge Mann mit den breiten Schultern, der sie kaum ein Jahr zuvor zum Tanzen ausgeführt hatte, plötzlich ein anderer wurde, sich verwandelte, in etwas Unheimliches, das mit den Jahren immer stärker werden sollte und immer häufiger, wie ein anmaßender Doppelgänger, sein schönes Lächeln vertrieb. Jenes Lächeln, das schließlich nur dann noch erstrahlt war, wenn er, von der anderen Seite der Glasscheibe aus, seine Kinder zu Besuch kommen sah.

Die Küste lag schon in der Ferne, während sich die Insel erst als undeutliche Schablone am Horizont zeigte. Zwischen diesen beiden Punkten war nichts als Wasser und

Himmel. Aber ebendorthin, auf diesen Triumph des Elementaren, richtete Luisa den Blick und spürte dabei eine innere Ruhe, die jener ähnelte, die sie nach einem langen Tag harter Arbeit überkam. Nur die Erschöpfung fehlte.

Dass die Insel schon nahe war, bemerkte sie daher zunächst nicht mit dem Blick, der abgewandt war, sondern mit dem Geruchssinn. Die Luft, die sie erfasste, war mit unbekannten, fast würzigen Düften gesättigt, die aber nichts gemein hatten mit dem Geruch von Wäldern und Heu, in dem sie aufgewachsen war. Sie drehte sich um und sah, dass sie fast schon am Ziel waren.

Mit verschiedenen kleinen Buchten, die sich zu einer Schlangenlinie reihten, erhob sich die Insel aus dem Meer. Manche besaßen Strände mit weißem Sand, vor denen das Meer eine türkisblaue Tönung annahm. Andere wurden durch zerklüftete rosafarbene Felsen geformt, deren Umrisse auch unter der Oberfläche in dem kristallklaren Wasser genau zu erkennen waren. In einer geschützten Einbuchtung ragte eine kleine Mole ins Meer, vor einer Ansammlung niedriger Häuser, die in fröhlichen, hellen Farben gestrichen waren: lindgrün, himmelblau, rosa. Dazwischen sprossen Agaven, Bougainvilleen, Kaktusblüten.

Nichts deutete auf ein Gefängnis hin.

Anders als Luisa kam Paolo bereits zum vierten Mal auf diese Insel, und er hasste sie. Er verabscheute diesen durchdringenden Duft, die schwarzen Seeigel, die gut sichtbar die Klippen unter dem Wasserspiegel tüpfelten, die Pastellfarben der Häuser. Konnte der Besucher eines Hochsicherheitsgefängnisses überhaupt diese ganze Schönheit der Schöpfung wahrnehmen, die ihn hier empfing? Ja, das konnte er. Aber ebendas war auch der Betrug, absurd und grausam.

Emilia hatte das Meer immer geliebt, ebenso wie Paolo selbst eigentlich auch. Bald schon nach ihrer Heirat hatten sie es sich zur Gewohnheit gemacht, den Sommer in einem kleinen Ort an der Küste etwas nördlich der Cinque Terre zu verbringen. Fast konnte man sagen, dass ihr Sohn dort aufgewachsen war: Solange er noch nicht zur Schule ging, richtete Emilia sich jedes Jahr schon im Mai dort mit ihm ein, in einem Häuschen hoch über dem Meer, an dieser schroffen und gleichzeitig sanften Küste, wie man sie nur in Ligurien finden konnte. Am Wochenende stieß auch Paolo von der Stadt aus zu ihnen, um dann, wenn alle Prüfungen abgeschlossen waren, bis zum Ende des Sommers ganz bei ihnen zu bleiben. Und dort in Framura war es auch, wo, inmitten ganz ähnlicher Düfte, wie sie jetzt diese Insel hier verströmte, der Besondere Gruß entstand.

Wie alt war sein Sohn damals? Drei, höchstens vier Jahre. Und schon damals war er ein Kind von absoluter Schönheit – Paolo überkam ein diffuser Schmerz, als er jetzt daran zurückdachte. Große Augen, grün wie frisch gesprossene Blätter, die Haare so glatt und dunkel wie Bleistiftminen. Haare, bei denen man Lust bekam, sie mit den Fingern zu verwuscheln, um den Anblick zu genießen, wie sie sofort wieder von allein und kraftvoll in Form fielen.

Das Haus, das sie jedes Jahr mieteten, besaß eine Pergola, bewachsen mit den violetten Blüten einer Clematis, sowie einen kleinen Garten, den bis zum Tor ein schmaler Weg durchzog. An jenem Tag war Paolo gerade aus der Stadt eingetroffen und hatte wie gewöhnlich fröhlich gehupt, um seine Ankunft anzukündigen. Wie immer kam ihm sein Sohn entgegen, aber nicht rennend wie gewohnt, sondern auf dem Dreirad, das er gerade geschenkt bekommen hatte. Paolo war in die Knie gegangen, um ihn aufzufangen, doch anders als sonst, warf sich der Kleine nicht in seine Arme. Er stieg von seinem nagelneuen Gefährt, nahm, die Brust wie ein hoher Würdenträger herausgestreckt, daneben Aufstellung, legte die geschlossene Hand, aus der nur der Daumen herausragte, an die Schläfe und senkte dann die Faust zu einer eigenartigen, sehr amerikanischen Geste des Einverständnisses. Erst dann lächelte er und zeigte dabei seine schneeweißen Zähnchen.

Diese Bewegung – die Faust mit ausgestrecktem Daumen zunächst an die Schläfe zu führen, sie dann, wie um *Okay* zu sagen, sinken zu lassen – wurde von diesem Tag an der Besondere Gruß. Beide, Vater und Sohn, hüteten ihn stets wie etwas sehr Persönliches, das sie mit niemandem teilten, noch nicht einmal mit Emilia. Sie entboten diesen Gruß durch den Vorhang der Grundschule, als sein Sohn dort in einem Theaterstück Premiere feierte, oder auch, als er, elfjährig, als Einziger beim Schulsportfest mit elegantem Sprung, den Rücken voraus, die auf einem Meter zwanzig liegende Latte überwand. Den Besonderen Gruß widmete Paolo ihm ebenfalls, als er ihn, siebzehnjährig, mit seiner ersten Freundin im Arm zufällig auf der Straße traf. Und ohne dass diese es bemerkte, erwiderte sein Sohn die Geste. Auch als der Junge seinen Führerschein machte oder als er das Ergebnis seiner Abiturprüfung erfuhr, grüßten sie einander auf diese Weise, und außerdem jedes Jahr, wenn einer von ihnen Geburtstag hatte. Sogar als er den Käfig der Angeklagten betrat, bedachte sein Sohn ihn mit dem Besonderen Gruß.

Wie gut er aussah. Trotz der tiefen Ringe und der ungesunden Gesichtsfarbe durch die Isolationshaft, in der er über Wochen gehalten wurde, strahlten seine grünen Augen Zufriedenheit aus: Diese Stunden der Verhandlung gaben ihm Gelegenheit, mit seinen Genossen zusammen zu sein, vor allem auch mit seiner Freundin, ja, sie sogar zu berühren. Während man ihn in Handschellen hineinführte, suchte er den ganzen Saal mit Blicken ab. Dann erkannte er seinen Vater, und die Erleichterung war offensichtlich. Paolo sah es und war gleichzeitig so gerührt und erschüttert, dass er es fast nicht ertragen konnte. Jetzt lächelte sein Sohn ihm zu und enthüllte dabei die Lücke im Gebiss, wo ihm Fäuste bei seiner Festnahme einen Zahn ausgeschlagen hatten. Aber es war immer noch das Lächeln, das Paolo schon von seinem kleinen Jungen kannte. Und dann geschah es, seine Augen blitzten auf, er hob die Hand und begrüßte seinen Vater.

Es war ein eingespielter Reflex, der Paolo dazu veranlasste, augenblicklich ebenfalls die rechte Hand zur Schläfe zu führen. Er hatte bereits begonnen, sie mit abgespreiztem Daumen zur Faust zu ballen, als er bemerkte, dass eine Frau, die hinter dem Staatsanwalt saß, ihn beobachtete.

Er erkannte sie. Es war die Mutter eines Mannes – und es gab mehr als einen –, den sein Sohn mit einem Kopfschuss hingerichtet hatte. Also auch die Großmutter jenes dreijährigen Mädchens, das ganz Italien in den Nachrichtensendungen im Fernsehen hatte sehen können, wie es mit einem dunklen Mäntelchen bekleidet eine weiße Rose auf dem Sarg seines Vaters niederlegte. In den Augen der Frau war kein Hass, nicht einmal Groll. Da war gar nichts außer einer grenzenlosen Objektivität. Einen Augenblick wurde Paolo die Gabe der Telepathie zuteil, und ganz deutlich las er in ihren Gedanken: *Ihr Sohn lebt noch. Meiner nicht.*

Paolos Faust erstarrte auf halber Höhe, sein Mund wurde trocken, und er ließ die Hand sinken. Und damit verkam auch der Besondere Gruß, so wie alles.

Als er an diesem Tag aus dem Gericht heimkehrte, schnitt er das Foto des kleinen Mädchens, das zu Prozessbeginn wieder überall abgebildet war, aus der Zeitung aus, faltete es zusammen und steckte es in seine Brieftasche. Er tat es, um sich ganz bewusst eine Strafe aufzuerlegen, die der Welt unbekannt, für ihn aber greifbar nahe war: ein Stück Zeitungspapier mit einer geringen, aber doch messbaren Konsistenz, einem Gewicht, einer Oberfläche, etwas, das er hin und wieder hervorholen, anschauen, berühren konnte. Nur auf diese Weise, so glaubte er, würde er vielleicht diese andere Strafe ertragen können, zu der er verurteilt war, mit einem Strafmaß, das auf »ewig« lautete.

Seit fast einem Jahr nun musste Paolo seinen Sohn an einem Ort besuchen, der sich durch die gleichen Düfte auszeichnete, das gleiche Licht, die gleiche Schönheit wie jene beinah mythische Zeit, in welcher der Besondere Gruß entstanden war. Drei Jahre waren seit der Festnahme seines Sohnes vergangen, und nirgendwo waren Paolo die Besuche so schwergefallen wie in diesem Gefängnis mitten im Meer.

Ja, er hasste die Insel.

Doch etwas musste er zugeben: Das offensichtliche Vergnügen, mit dem diese blonde Frau die Insel betrachtete, der gleiche Ausdruck, mit dem sie auch schon während der gesamten Überfahrt übers Meer geblickt hatte, war schön anzuschauen.

*Sie hat ein ehrliches Gesicht,* hätte Emilia gesagt.

Doch Emilia war nicht da.

Ein grauer Fiat-Geländewagen mit der Aufschrift STRAFVOLLZUGSPOLIZEI, ein himmelblauer Kleinbus, der wohl seit mindestens zwanzig Jahren auf irgendwelchen Straßen unterwegs war, sowie ein Transporter, dessen Farbe unter der dicken Staubschicht nicht mehr auszumachen war, warteten auf der kleinen Mole auf das Anlegen der Fähre. Während ein Beamter am Heck die Passagiere zurückhielt, verließ als Erster, von Nitti und einem weiteren Aufseher in die Mitte genommen, der Häftling das Schiff. Alle beugten sich übers Geländer, um zu beobachten, wie er von Bord ging. In Handschellen bewegte er sich mit langsamen Schritten über den Landungssteg und blinzelte dabei, wie um sich vor grellem Licht zu schützen, obwohl der Himmel mittlerweile bewölkt war. Den Blick hatte er starr auf das aquamarinblaue klare Wasser unter ihm gerichtet, in dem dunkle Umrisse umherschwammen. Auf der Mole angekommen, schoben ihn die beiden Beamten eilig zu dem Geländewagen. Er ließ es geschehen, hatte den Kopf aber gedreht und blickte zurück aufs Meer. Dabei wirkte er wie ein Kind, das ungeduldige Erwachsene vom Schaufenster eines Spielzeugladens wegzerren. Kaum war er eingestiegen, und Nitti mit ihm, fuhr der Geländewagen auch schon Richtung Zentrale los. Erst jetzt erlaubte der zweite Beamte den übrigen Passagieren, von Bord zu gehen.

Als Paolo die schmale Stahltreppe zum Unterdeck hinabstieg, kam er an der offenen Tür des Führerhauses vorüber. Drinnen zeigte gerade der zweite Kapitän seinem Vorgesetzten, einem vielleicht fünfzigjährigen Mann mit Leberflecken im Gesicht, das Barometer hinter ihnen an der Wand.

»So schnell habe ich es noch nie fallen sehen«, erklärte er dazu.

»Sag den Wärtern noch mal, sie sollen sich beeilen und die Leute rechtzeitig zurückbringen«, antwortete der Kapitän. »Um zwölf lege ich ab. Gewartet wird nicht.«

Auch Luisa trat von der Rampe auf die Mole. Unsicher blickte sie sich um und stellte fest, dass alle Passagiere, die wie sie Pakete und Taschen dabeihatten, auf den Kleinbus zu traten.

»Zentrale! Zur Zentrale!«, rief der Fahrer. Luisa schloss sich den anderen an und stieg mit ihnen ein. Sie hatte sich gerade auf einem der letzten freien Plätze niedergelassen, als ein Vollzugsbeamter, der auch im Wagen saß, sich an sie wandte.

»Müssen Sie nicht zum Sondergefängnis?«

»Ja. Ich habe eine Genehmigung des Richters …«

»Sehen Sie? Hab ich's mir doch gedacht. Sie müssen aussteigen und den Wagen dort drüben nehmen.« Damit zeigte er auf den Transporter.

Die Leute in dem Kleinbus drängten sich mittlerweile schon im Mittelgang, viele mit ihren Paketen unter dem Arm, weil kein Platz mehr war, um sie auf dem Boden abzustellen. Luisa erhob sich von dem Sitz, den sie mit Glück, das ihr jetzt nichts mehr nützte, ergattert hatte, und bahnte sich mühsam einen Weg zum Ausgang. Der eingestaubte IVECO-Transporter war bereits angefahren, doch der Beamte aus dem Bus sprang hinaus, rannte ihm nach und rief:

»Halt! Wartet! Da ist noch jemand für das Sondergefängnis!«

Der Transporter bremste so abrupt, dass die Insassen nach vorne gerissen wurden. Das Paket an die Brust gepresst, lief Luisa herbei. Sie versuchte, vorne einzusteigen, doch der Wagen war zu voll. Sogar auf der Abdeckung über dem Motor saßen zwei Passagiere. Der Beamte, der gerufen hatte, deutete auf die Hecktür. Im hinteren Teil des Wagens saßen die Leute aneinandergedrängt am Boden. Luisa zwängte sich hinein und suchte sich mühsam irgendwo dazwischen einen Platz. Weil sich die Türflügel nun aber nicht mehr ganz schließen ließen, band sie ein Mann mit geübten Handgriffen – man sah, dass er kein Besucher war – und einer Schnur, die dort bereithing, zusammen. Durch die Öffnung, die dazwischen blieb, musste Luisa ihre Beine baumelnd aus dem Wagen hängen.

Paolo hatte sie beobachtet, während sie eingestiegen war und einen Platz gesucht hatte. Er saß auf einer der Bänke, die längs an den Seiten befestigt waren. Luisa und er waren die einzigen Besucher des Sondergefängnisses. Die anderen Fahrgäste waren Vollzugsbeamte, die vom Urlaub zurückkehrten, Arbeitskräfte, Personal der Krankenstation, eine Frau mit einem Säugling sowie ein Mann mit Brille und einem kleinen Koffer. Zu diesem sagte der Fahrer jetzt etwas, wobei er ihn mit »Dottore« ansprach. Dann ließ er den Motor an und fuhr los.

Von der Mole aus hielt der Transporter auf die Gruppe heller Häuser zu, bog dann aber, bevor er sie erreicht hatte, nach links ab auf die Hauptstraße, die als einzige die Insel der gesamten Länge nach durchzog. Noch ein paar hundert Meter rollte das Fahrzeug ruhig über den Asphalt, dann ein Ruck, noch einer und wieder einer, und alle spürten, dass dies nun so weitergehen würde. Aus der asphaltierten Fahrbahn war eine von Wind und Wasser geformte Schotterstraße geworden, die kurvenreich, ohne die leiseste Andeutung einer Leitplanke, hoch über dem Meer am Abgrund entlangführte. Luisa, hinten zwischen den nur von einer dünnen Schnur zusammengehaltenen Türflügeln, wurde von einer Staubwolke erfasst. Die anderen sahen zu ihr hinüber, mitleidig, vor allem aber mit kaum verhohlener Erleichterung, weil ihnen dieser Platz erspart geblieben war.

Auch Paolo beobachtete sie. Schon als er Luisa beim Einsteigen beobachtet hatte, war ihm sofort der Gedanke gekommen, ihr seinen Platz auf der Bank anzubieten, aber das hatte er nicht mehr rechtzeitig geschafft. Zu schnell war der Transporter wieder losgefahren. Doch wie er nun beobachtete, wie sie sich mit einem Taschentuch vor der Nase gegen den Staub schützen musste, versuchte er, sie auf sich aufmerksam zu machen. Allerdings hätte er bei dem lauten Motor unmittelbar unter ihm schon laut schreien müssen, damit sie ihn überhaupt verstand, und vielleicht hätte selbst das nicht genügt. So begann er, mit der flachen Hand gegen die Seitenwand des Transporters zu schlagen. Kurz darauf hatte er erreicht, was er bezweckte.

»Was ist denn los?«, rief der Fahrer, indem er sich umdrehte, ohne das Tempo auch nur ein klein wenig zu drosseln, was seine Fahrgäste mit Unruhe registrierten, denn die Schotterstraße führte jetzt dicht an einer senkrecht zum Meer abfallenden Klippe entlang.

»Können Sie mal einen Moment anhalten?«, bat Paolo. Er schrie, damit der andere ihn hörte.

»Warum das denn?«, rief der Fahrer zurück.

Er war wohl so um die vierzig, wirkte aber gleichzeitig jünger und älter. Jünger wegen seines Fahrstils – der Waghalsigkeit, mit der er den Transporter mit nur einer Hand am Lenkrad durch die Kurven steuerte, des Tempos, zu dem er den alten IVECO nötigte, der zur Schau getragenen Gleichgültigkeit angesichts des Abgrunds, der sich nur wenige Zentimeter von der Wagentür entfernt auftat. Älter wegen seiner hängenden Augenlider, die auf mehr Nachtschichten in seinem Leben hindeuteten, als seiner Gesundheit zuträglich waren.

»Ich möchte den Platz tauschen«, rief Paolo.

»… sagte der Delinquent zum Henker«, antwortete der Fahrer. Er sagte das ohne jegliche Ironie, ja, mit monotoner Stimme, schaute dann aber – wieder einmal! – nach hinten, um sich zu vergewissern, ob sein Witz auch wahrgenommen worden war.

Luisa hatte von alldem nichts mitbekommen. Dort wo sie saß, war es zu laut, um dem Wortwechsel folgen zu können. Daher war sie überrascht, als der Wagen jetzt scharf abbremste. Wieder flogen die Köpfe der Insassen nach vorn bis auf den von Luisa, die in die andere Richtung saß und so heftig nach hinten gerissen wurde, dass sie sich fast den Hals verrenkte. Einige Sekunden lang geschah gar nichts, dann erst sah sie durch den Spalt zwischen den Türflügeln Paolo auftauchen.

»Verzeihung, Signora, aber wäre es Ihnen recht, wenn wir die Plätze tauschen?«

Luisa hob den Blick. Der Mann war groß und schlank, sein grau meliertes Haar dicht, seine schönen Gesichtszüge von den Narben einer früheren Akne gezeichnet. Er hatte sein Anliegen fast schüchtern vorgetragen, als ginge es um einen Gefallen für ihn selbst.

»Aber hier ist es furchtbar staubig«, antwortete Luisa verlegen.

»Ebendarum«, erklärte er und hob dabei eine Schulter, wie um hinzuzufügen: *Ich würde wirklich lieber hier sitzen.*

»Wird's heute noch was?«

Der Fahrer sah ihnen über den Rückspiegel zu. Eher neugierig als ungeduldig. Noch verwundert über das unerwartete Angebot, löste Luisa die Schnur, die die Türflügel zusammenhielt, öffnete sie und sprang hinaus.

»Danke«, murmelte sie an Paolo gewandt.

Der nahm seinen neuen Platz ein, während sie um den Transporter herumlief, um beim Fahrer einzusteigen.

Kaum war sie neben ihm, drehte er, indem er ihr direkt in die Augen sah, den Zündschlüssel um und ließ den Motor anspringen. Sie musste sich beeilen, um schnell den Platz einzunehmen, den Paolo freigemacht hatte, sonst wäre sie zu Fall gekommen. Der Transporter war schon wieder angefahren.

Seit der Gründung der Strafkolonie hatte noch jeder neue Gefängnisdirektor beim Amtsantritt als sein dringendstes Vorhaben die Lösung des Problems *Inselstraßen* genannt. Oder genauer, die Lösung des Problems *Schotterstraße*. Denn sie war die einzige, die die ganze Insel durchmaß, von der Zentrale an der Nordspitze ihren Ausgang nahm, dann die verschiedenen Zweigstellen mit den dazugehörenden Feldern verband und schließlich an der Südspitze endete. Hier war der Punkt, der von der Bootsanlegestelle am weitesten entfernt und gleichzeitig der größeren Insel am nächsten lag, allerdings durch die tückische Meerenge davon getrennt. Hier befand sich das Hochsicherheitsgefängnis.

Mit ungetrübtem Enthusiasmus und den besten Vorsätzen nahm jeder neue Direktor die Arbeiten wieder auf, wobei er die Asphaltierung jeweils bei jener Außenstelle beginnen ließ, die, persönlicher Motive wegen, seiner Ansicht nach eine asphaltierte Zufahrt am dringendsten benötigte. Bald jedoch versickerte der Geldstrom wie auch schon bei seinem Vorgänger und Vorvorgänger, trocknete aus wie ein Fluss, der nur zu bestimmten Jahreszeiten Wasser führt, sodass für die Straßenarbeiten nichts mehr übrig war: Die Geldmittel für die Aufrechterhaltung des normalen Gefängnisbetriebs waren ja schon chronisch knapp, umso mehr also für Arbeiten, die sich auch verschieben ließen. All diese geplatzten guten Vorsätze pflasterten nun die Straße über die Insel, und die

Menschen, die sie befuhren, sahen es. Oder besser gesagt, sie spürten es am Hintern, der von Stößen und Erschütterungen nur in der Nähe der »Kittchen« verschont blieb, und selbst dort nur für einige wenige Meter.

Wenn das Ruckeln und Schaukeln aufhörte, wussten die Insassen des Transporters also, dass sie eine der Außenstellen der Strafanstalt erreicht hatten. Die Gebäude, die dazugehörten, ließen mit ihren Wachtürmen, dem Stacheldraht und den vergitterten Fenstern keinen Zweifel an ihrer Bestimmung aufkommen. Dennoch strahlten sie alle auch etwas Bukolisches aus, das fast an einen Bauernhof erinnerte: Ein Gefängnis war von den gepflegten Reihen eines Weinberges umgeben, ein anderes von Weiden, auf denen, von Häftlingen gehütet, Kühe grasten, ein drittes wurde von zwei hohen Getreidespeichern überragt. Überall sah man nicht nur Wachpersonal und Freigänger, sondern auch Haus- und Nutztiere: Esel, Hunde, Katzen, Pferde, Schafe und Ziegen.

Bei jedem Halt stiegen Leute aus. Beim ersten »Kittchen«, dem mit der Viehhaltung, unter anderem auch der Mann mit dem Köfferchen.

»Wie sieht's aus, Dottore?«, fragte der Fahrer. »Machen wir es wie neulich? Soll ich Sie auf der Rückfahrt wieder abholen?«

»Nein, danke, beim letzten Mal musste ich alle gegen Tuberkulose impfen. Heute schaue ich nur nach, ob es neue Fälle gibt. Das müsste schnell gehen. Ich lasse mich von jemandem mitnehmen, sobald ich fertig bin.«

Aufmerksam betrachtete Luisa die Kühe, auf die der Tierarzt gezeigt hatte. Sie gehörten zu einer Rasse, die sie nicht kannte. Es hätte sie interessiert, ob es Milchkühe, Mastrinder oder beides waren, wie viel Milch sie gaben, ob die Kühe, die nur einmal gekalbt hatten, sehr viel weniger Milch gaben als die Pluriparen und wenn ja, wie viel. Der Transporter hatte sich aber bereits in Bewegung gesetzt und jagte bald wieder rumpelnd und Staub aufwirbelnd über den Schotter.

Die Insel besaß einige Erhebungen von, im Verhältnis zur Fläche, stattlicher Höhe, die zu Ebenen hin abfielen, auf denen Weizen, Mais, Hirse und Hafer angebaut wurden. Die einzelnen Kulturen waren durch niedrige Trockenmauern unterteilt, die man fachmännisch nach althergebrachter Art aufgeschichtet hatte. Schmale Streifen aus weißem Sand trennten das Meer von den stehenden Gewässern der kleinen Lagunen dahinter. Ausladende Weingärten, aus denen mal ein Sarazenenturm, mal die Trümmer einer alten Befestigungsanlage hervorragten, wechselten sich mit zerklüfteten Felswänden ab. Hier und dort erkannte man die düsteren Eingänge von Höhlen, in denen vielleicht einmal heidnische Kulte gefeiert worden waren. Nur wenige Meter von den aquamarinblauen Wellen entfernt, galoppierte eine Herde Wildpferde an den verrottenden Reusen einer Fanganlage für Thunfisch entlang.

Luisa war hingerissen von dieser Landschaft, die so anders war als alles, was sie je zuvor gesehen hatte. Auf der Längsbank, auf der sie saß, war ihr Blick eigentlich ins Wageninnere gerichtet, und so musste sie sich verrenken, um durchs Wagenfenster hinausschauen zu können. Nur in einer besonders heimtückischen Kurve erblickte sie etwas, was ihr vertraut vorkam: ein kleines Kreuz, das mit einem Strauß Trockenblumen geschmückt war.

Neben den Fahrzeugen, die zum Fuhrpark der Haftanstalt gehörten, wie zum Beispiel die Kleinbusse für den Gefangenentransport oder dieser Transporter, verkehrten auf der Insel auch Privatautos des Gefängnispersonals.

Ein Auto aber, das den primitiven Straßenverhältnissen angemessen gewesen wäre, einen Geländewagen also, konnten sich nur der Direktor, der Bereitschaftsarzt und wenige andere leisten. Ganz sicher nicht die einfachen Strafvollzugsbeamten. Die kauften von Schrotthändlern auf dem Festland ausrangierte Wagen ohne Nummernschild und Betriebserlaubnis und brachten sie mit der Fähre auf die Insel. Denn in einer Hinsicht konnten sie ganz beruhigt sein: Mochten sie hier auf Wildschweine und weiße Esel stoßen, auf Rebhühner, Wildpferde, Uhus oder Mufflons, so doch ganz gewiss nicht auf eine Verkehrskontrolle. Die Bremsbeläge blank, die Reifen ohne einen Hauch von Profil wurden die Fahrzeuge auf der Inselstraße endgültig ramponiert, verschlissen, zerstört. Jeder Beamte, der einmal, und sei es nur für kurze Zeit, auf der Insel Dienst getan hatte, brüstete sich mit dem Erlebnis, wie er einmal fast mit dem Wagen die Klippen hinuntergestürzt sei oder nur mit letzter Not den Frontalzusammenstoß mit einer Felswand vermieden hatte. Doch manchmal blieb auch keiner am Leben, der davon hätte erzählen können.

Luisa stammte aus einer Gebirgsregion, an deren Straßen überall Kreuze, wie sie gerade eines gesehen hatte, aufgestellt waren und die an Menschen erinnern sollten, die häufig sehr jung, häufiger noch betrunken ihr Leben verloren hatten. Deshalb wusste sie, was es bedeutete. Sie bekreuzigte sich und sprach ein kurzes Gebet.

Eine Tränke aus weißem Stein unter einem jahrhundertealten Feigenbaum. Im Hintergrund das Meer. Ein idyllischer Anblick, der aber trog: Denn schon hinter der Kurve tauchten plötzlich die Umrisse des Hochsicherheitsgefängnisses auf.

Es handelte sich um ein niedriges, nur eingeschossiges Gebäude, das sich in verschiedene, durch Innenhöfe getrennte Seitenarme verzweigte. Die Fenster waren nur Lichtschächte, aber das Dach mit seinen leuchtend roten Ziegeln erinnerte an ein Bauernhaus; jenseits der Wachtürme glitzerte das Wasser der Meerenge: Alles verstärkte noch den Eindruck immenser Gegensätze, ja des Absurden, den die gesamte Insel ausstrahlte. Hier jedoch weideten keine friedlichen Kühe um das Gebäude herum, und weder sanft blickende Esel noch Hühner waren zu sehen, auch keine Felder, Beete oder Schuppen mit Ackergeräten. Wer hier drinnen saß, kam mit Sicherheit nie heraus.

Die Fahrt endete an einer Schranke, die zu einem Wachhäuschen aus Stahl und Glas gehörte. Ein Mann kam hervor, trat zur Fahrertür und grüßte mit einem Kopfnicken.

»Nur zwei heute«, sagte der Fahrer.

Der Wachposten nickte wieder.

»Die waren alle letzte Woche hier …« Er blickte zum Wagenfenster hinein.

Zusammen mit einem jungen Vollzugsbeamten mit kurzgeschorenen Haaren, der vom Urlaub auf dem Festland zurückkam, waren Paolo und Luisa mittlerweile die einzigen Passagiere. Nun, da sich der Transporter geleert hatte, saß Paolo ihr gegenüber auf der anderen Seitenbank. Die Fahrt auf dem Fußboden vor der Hecktür hatte ihre Spuren hinterlassen, und seine Hosenbeine waren mit einer Staubschicht überzogen.

»Den Besuchsschein«, forderte der Mann sie auf.

Paolo hatte das abgestempelte und unterzeichnete Papier bereits in der Hand. Luisa hingegen fand ihren Schein nicht sofort und begann in ihrer Tasche zu kramen.

Sie wusste, dass sie ihn nicht vergessen hatte, denn bei der Einschiffung hatte sie ihn bereits vorzeigen müssen. Dennoch wurden ihre Bewegungen immer angespannter. Das Gefühl, bedrängt zu werden, legte sich erstickend wie ein zu schwerer Mantel über sie. Ganz eingenommen von allem, was sich auf der Fahrt ihrem Blick geboten hatte, zunächst auf dem Meer, dann auf der Insel, hatte sie fast vergessen, weshalb sie überhaupt hier war. Oder zumindest war es ihr nicht mehr so gegenwärtig. Sie hatte sogar den Strommasten längs des Weges keine Beachtung geschenkt, obwohl diese sonst zu den Dingen gehörten, die sie am häufigsten zählte. Die Ankunft vor dem Gefängnis hatte sie dann aus dem fast kontemplativen Zustand gerissen. Der Wachposten richtete nun fest den Blick auf sie, während sie immer hektischer in ihrer Handtasche wühlte. Als sie den Schein endlich gefunden hatte, überkam sie das Gefühl, einer Gefahr entronnen zu sein, obwohl das Papier, säuberlich gefaltet, genau dort in der Seitentasche steckte, wo sie es die ganze Zeit über aufbewahrt hatte. Sie reichte es dem Mann.

Er kontrollierte aufmerksam sowohl ihre als auch Paolos Dokumente, prüfte nach, ob die vorgegebenen Zeiten mit dem übereinstimmten, was seine Armbanduhr anzeigte. Luisa schlug das Herz bis zum Hals, und sie begann, die Knöpfe seiner grauen Uniform zu zählen (vier große in der Mitte, vier kleinere auf den aufgenähten Taschen), dann die Fenster in der Wand hinter dem Wachhäuschen. Bei sieben war sie angekommen, als der Wachposten endlich die Besuchsscheine zurückgab und mit einer vagen Geste, mehr an den Transporter als an dessen Fahrer gerichtet, Anweisung gab, die Fahrt fortzusetzen.

Sie verließen die Straße, die weiter zur Südspitze der Insel führte, passierten auf einer nun asphaltierten Zufahrt die lange Gefängnismauer und erreichten, ihr immer weiter folgend, schließlich die Vorderseite.

Von hier aus vermittelte das Gefängnis einen völlig anderen Eindruck. Zum Gebäude führte ein von Lorbeerbüschen gesäumter schmaler Weg. Hinter den Hecken waren Blumenbeete angelegt und durch exakte Reihen aus verschiedenfarbigen Steinen unterteilt worden: einer grau, einer rosa, einer grau, einer rosa. Das stählerne Tor war blau lackiert und hob sich, hübsch anzuschauen, von der weiß getünchten Fassade ab. Der Bogen darüber war fast barock geschwungen. Von hier aus betrachtet, sah das Hochsicherheitsgefängnis mehr wie eine mexikanische Hazienda aus.

Luisa wandte Paolo den Blick zu.

»Das soll das Gefängnis sein?«, fragte sie ungläubig.

Er nickte kurz. »Ja. Ich konnte es auch kaum glauben, als ich das erste Mal hier war. Es wirkt alles so …«

Er schüttelte den Kopf, suchte nach dem passenden Wort, beließ es dann aber dabei, auch weil jetzt der Fahrer, der ausgestiegen war, ihnen die Wagentür aufzog. Zusammen mit dem jungen Vollzugsbeamten mit den kurzen Haaren, der sogleich geradewegs auf das Tor zuhielt, stiegen sie aus. Ein Tropfen traf Paolos Nase. Er blickte auf.

»Was ist das denn? Regnet's?«

Luisa streckte den Arm aus und öffnete die Handfläche.

»Nein …«

Aber auch sie hob den Blick zu den grauen Wolken über ihnen. Unterdessen war der Fahrer zu einer kleineren Tür neben dem Haupttor getreten, die ebenfalls in diesem fröhlichen Blau lackiert war. Er klingelte, während Luisa und Paolo hinzutraten. Ein Gefängniswärter öffnete.

»Nur zwei?«, fragte er, während er die Besucher musterte.

Der Fahrer nickte.

»Hier, pass mal auf. Sag Camba, er soll die Sache nicht in die Länge ziehen. Heute müssen wir pünktlich zurück.«

»Es dauert genauso lange, wie es erforderlich ist«, antwortete der Wärter. »Wenn alles in Ordnung ist, geht's schnell. Wenn was Falsches dabei ist, dauert's. Haben Sie die Sprechscheine?«

Dieses Mal hatten beide, Paolo und Luisa, die Papiere mit der gerichtlich erteilten Genehmigung, ihre Angehörigen genau an diesem Tag und genau zu dieser Stunde besuchen zu dürfen, bereits in der Hand.

»Die Ausweise?«

Sie reichten der Wache ihre Personalausweise.

»Familienstand?«

Luisa zeigte das Blatt mit dem Stempel der kleinen Gemeinde in den Bergen vor, worin bestätigt wurde, dass sie tatsächlich die Ehefrau des Häftlings war. Ebenfalls aufgeführt waren weitere fünf Namen: Anna, Ciriano, Maddalena, Irene und Luca. Aus dem Papier, das Paolo aushändigte, ging hervor, dass seine Familie nur aus zwei Menschen bestand: dem Häftling – seinem Sohn – und ihm selbst.

Der Beamte hielt die Tür offen und bedeutete Luisa und Paolo einzutreten.

Die Ravioli wurden auf der Stelle konfisziert. Camba, ein untersetzter Mann mit Händen so breit wie Maurerkellen, machte sich sogleich daran, wahllos Teigtaschen herauszugreifen und mit einem kleinen Messer mit gezackter Klinge aufzuschneiden, um zu sehen, ob Mitteilungen, Sprengstoff oder andere verbotene Dinge darin versteckt waren. Doch bald schon verging ihm die Lust daran.

»Das geht nicht. Die können wir unmöglich alle öffnen«, sagte er an Luisa gewandt.

Sie versuchte, ihn umzustimmen.

»Aber die ganze Arbeit … Einhundertdreiundfünfzig sind es …«

»Eben. Viel zu viele, um sie alle aufzumachen.«

»Aber dafür habe ich einen ganzen Tag in der Küche gestanden.«

Es war nichts zu machen: Der Beamte stellte die Schachtel auf den großen Tisch, wo die übrigen konfiszierten Gegenstände lagen. Luisa fiel ihre Tochter Irene ein.

*Das werde ich ihr besser nicht erzählen.*

Auch die kleinen Räuchersalami schnitt der Beamte der Länge nach auf und stülpte das rosafarbene Innere nach außen, als weide er kleine Tiere aus. Es waren bloß zehn, die waren schneller kontrolliert. Sie gingen durch.

Neben vielem anderen hatte Paolo für seinen Sohn ein von seiner Schwester zubereitetes Brathuhn dabei. Als der Beamte das Gerippe zur Hand nahm und durch die Öffnung hineinsah, durch die die Innereien entnommen worden waren, hatte Paolo das unschöne Bild einer Analvisitation vor Augen.

Mittlerweile hatte er lange genug mit Gefängnissen zu tun, um zu wissen, dass man zum Beispiel besser Tabak und Blättchen statt fertiger Zigaretten mitbrachte: Ab und zu geriet man an einen schlecht gelaunten Beamten, der einen verdächtigte, Geldscheine eingerollt zu haben, und die Zigaretten konfiszierte. Bei seinem ersten Besuch hatte Paolo einen Fehler gemacht, als er seinem Sohn in der Absicht, dessen Verpflegung mit nahrhafter Kost zu bereichern, drei Steaks mitgebracht hatte. Wie ein Idiot war er sich vorgekommen, als man sie ihm, ohne auch nur ein Wort darüber zu verlieren, abnahm. Doch als er sich später genauer mit den Vorschriften beschäftigte, sah er, dass sie nur hätten gebraten sein müssen, um unbeanstandet durchzugehen.

Beide, Paolo und Luisa, hatten viel gelernt, seit sie Gefängnisse besuchten. Zunächst galt es zu verstehen, wie die Liste aussehen musste, die mit den Mitbringseln selbst einzureichen war. Die kam als offizielles Dokument zu den Akten, und war dort etwas aufgeführt, was nicht mit den Vorschriften übereinstimmte, hatte der zuständige Beamte die Weitergabe zu unterbinden. Der ein oder andere hätte vielleicht ein Auge zugedrückt, aber ihnen waren die Hände gebunden. Wenn ein Vorgesetzter die Liste durchsah, konnte es mächtig Ärger geben. Mit der Zeit hatten Luisa und Paolo also gelernt, dass es nur auf die richtige Bezeichnung ankam.

Fisch war nicht erlaubt, egal ob roh oder gekocht, doch wenn ein *Risotto di Mare* in »Risotto mit Knoblauch und Petersilie« umgetauft wurde, ging es durch. Kuchen war verboten, als *Focaccia* jedoch durfte man ihn mitnehmen. Dennoch hatte Paolo einmal erlebt, dass ihm ein Kuchen aus Mandelteig aussortiert wurde, weil er angeblich nach Zyanid rieche. Dass man ihn verdächtigte, den eigenen Sohn vergiften zu wollen, hatte Paolo tiefer gekränkt als eine Leibesvisitation. Doch er war machtlos: Der Kuchen landete im Abfalleimer.

Obwohl er wusste, dass es nicht erlaubt war, hatte Paolo heute für seinen Sohn einen Bademantel dabei. Allerdings hatte er auf die Liste »Nr. 1: Badetuch mit Ärmeln« geschrieben. Der Beamte ließ es ihm durchgehen.

Nach der Kontrolle lagen auf dem großen Tisch zwei verschiedene Haufen. Was ausgehändigt werden durfte, verschwand über eine Drehscheibe, die von allen nur »Klappe« genannt wurde. So als existiere auf der anderen Seite keine völlig abgesperrte Welt, der man kleine tröstende Aufmerksamkeiten zukommen lassen wollte, sondern ein Waisenhaus, das im Namen der Barmherzigkeit Findelkinder aufzunehmen bereit war.

Für die Leibesvisitation standen zwei winzige Zimmer zur Verfügung, eines für Frauen, das andere für Männer. Da Paolo und Luisa heute die einzigen Besucher waren, wurden sie gleichzeitig durchsucht. Auf sie wartete eine Frau mittleren Alters, deren dicke Handgelenke aus Einweghandschuhen hervorschauten. Sie war mit einem Vollzugsbeamten verheiratet, der kurz vor der Pensionierung stand, und hatte vier Kinder. Um das Gehalt ihres Mannes ein wenig aufzubessern, nahm sie die Leibesvisitationen von Frauen und Mädchen vor.

»Arme hoch!«

Luisa erfasste der Geruch schlecht verdauten Essens, während die Frau einen Metalldetektor, der sich hart und leblos anfühlte, um ihren Körper gleiten ließ. Dann fuhren die behandschuhten Händen gleich ein zweites Mal Luisas gesamten Leib ab: über die Brüste, durch die Achselhöhlen, über den Bauch, die Beine, den Unterleib, von vorn, von hinten.

Währenddessen hielt Luisa den Blick zur Decke gerichtet. Störte es sie, derart intim berührt zu werden? Hätte man sie gefragt, wäre ihr die Antwort schwergefallen. Sie kannte das gar nicht, hatte es zu selten erlebt. Ihr Mann hatte ihren Körper nie als Ganzes erkundet, sondern sich immer nur auf ihre Pobacken und Brüste konzentriert.

Wenn er sie ausnahmsweise einmal zwischen den Beinen berührt hatte, dann nur ganz hastig und zielgerichtet, um das Eindringen zu erleichtern.

Hätte Luisa darüber nachgedacht, wäre sie zu dem Schluss gekommen, dass, abgesehen von der persönlichen Körperpflege, ganze Zonen ihrer Haut von keinen anderen Händen als denen ihrer Mutter berührt worden waren. Und damals war sie noch ein Baby gewesen. Doch dies waren Gedanken, die sich Luisa niemals gemacht hätte. Barsch und routiniert fuhren die Finger der Aufseherin über ihren Körper, natürlich ohne irgendein Begehren zu wecken, aber auch keinen Widerwillen. Es war, als werde da etwas berührt, das nicht richtig zu ihr gehörte. Sie brauchte nur zu warten, dass es vorüber wäre.

Das Zimmer, in dem die Untersuchung stattfand, hatte ein Fenster. Es war vergittert, und durch die Scheibe fiel der Blick auf einen kahlen Feigenbaum. Auf die hintere Wand zeichnete das Tageslicht die Schatten der Äste, die von denen der Gitterstäbe durchschnitten wurden. Sieben waagerechte und fünf senkrechte, das bedeutete vierundzwanzig Lichtquadrate, die zusammen ein Rechteck bildeten.

»Sie können die Schuhe wieder anziehen«, sagte die Aufseherin und blies Luisa dabei, ohne böse Absicht, ihren schlechten Atem ins Gesicht.

Sie gehorchte, griff zu ihrer Tasche und verließ den Raum.

Durch einen kurzen Flur gelangte sie zum Eingang des Besucherzimmers. Näher als an diesem Punkt konnte ein Außenstehender dem eigentlichen Hochsicherheitstrakt nicht kommen. Zu Luisas Linken befanden sich, eine hinter der anderen, drei vergitterte Türen, jenseits derer sich nur noch Gefangene und ihre Wärter aufhielten.

Die anderen Haftanstalten, die Luisa besucht hatte, die sogenannten normalen Gefängnisse, verfügten über einen unverwechselbaren Klang. Eine Mischung von Musik und Stimmen aus Radios oder Fernsehgeräten, von zwischen den Zellen hin und her gerufenen Sätzen, schweren Schritten und dem Rasseln von Schlüsselbunden, dem Widerhall von Türen, die zugeschlagen wurden oder deren Schlösser sich öffneten. Es war eine immer gleiche Kakofonie, eine Art kollektiver Atem des lebendigen Gefängnisalltags. Nun erst, da sie so weit vorgedrungen war, wurde Luisa in vollem Umfang bewusst, dass dieses Gefängnis wirklich ganz anders war. Man hörte keine Radios (verboten), keine Fernseher (die wurden nur abends für höchstens zwei Stunden angestellt, aber auch nur für Häftlinge mit tadelloser Führung), vor allem keine Rufe zwischen den Zellen, keine Stimmen, die sonst die Fäden bildeten, aus denen ein Tag im Gefängnis gewebt war und die ihn, wenn schon nicht erträglich, doch immerhin menschlich machten. Hier waren Zurufe verboten. Um miteinander zu kommunizieren, wurden Informationen in Rohrleitungen geflüstert, während ein Zellennachbar am Guckloch aufpasste. Oder man projizierte, wie im chinesischen Schattentheater, mit der Deckenlampe Buchstaben auf die Flurwände, einen nach dem anderen: Da brauchte man für einen Satz aus drei Worten schon eine halbe Stunde. Das alles wusste Luisa jedoch nicht. Sie nahm in diesem Sondergefängnis nur die Stille wahr, undurchdringlich und bedrohlich wie der Atem eines Raubtiers.

Der Aufseherin folgend, betrat sie den Besucherraum.

# MAESTRALE

»Wenigstens weiß ich jetzt, wo er ist«, hatte Emilia gesagt, als ihr Sohn verhaftet wurde.

Und Paolo dachte bei sich, dass seine Frau sich wieder einmal als die Stärkere von ihnen beiden erwies, nüchterner, widerstandsfähiger. Es war eine Überzeugung, die bald schon hinweggefegt wurde, so wie alles andere in seinem Leben auch. Genauer, in dem Moment, als man ihnen mitteilte, wessen ihr Sohn angeklagt wurde.

Seit Jahren schon wussten Paolo und Emilia nicht mehr, wo er sich aufhielt und was er tat. Sie ahnten es, das schon: aber ganz vage, ohne Einzelheiten. Wie eine scheue Schnecke die Fühler zogen sie ihre Gedanken vor allzu klaren Bildern von Waffen und Gewalt zurück. Hin und wieder kam ihr Sohn sie besuchen, häufig um einen Feiertag herum, doch nie genau an dem Tag selbst, sondern etwa am 22. Dezember oder vier Tage nach dem Geburtstag seines Vaters oder seiner Mutter. Ohne Vorankündigung tauchte er auf, immer schön und zu dünn, in einem Anzug, in dem er wie ein Buchhalter aussah, ein Eindruck, den er nicht lange zuvor noch um jeden Preis vermieden hätte. Diese Verkleidung vor allem war es, die seinen Eltern eine Vorstellung davon gab, was mit »Leben im Untergrund« gemeint war. Er begrüßte sie mit einem Kuss auf den Hals der Mutter und einer männlichen Umarmung für den Vater, schaufelte mit der Gier eines Löwenbabys die Gerichte seiner Kindheit in sich hinein und verschwand dann wieder, monatelang. Nach solchen Besuchen blieben Paolo und Emilia noch lange am Küchentisch sitzen, seine Hand auf der ihren, reglos, schweigend. Sie machten kein Licht, auch wenn es draußen schon längst dunkel geworden war.

Sogar die Polizei oder die Untersuchungsrichter oder der Staat oder wer verdammt noch mal solche Entscheidungen traf, musste irgendwann zu dem Schluss gelangt sein, dass diese beiden wohlerzogenen Menschen vom Treiben ihres Sohnes wirklich keine Ahnung hatten. Nach einigen überfallartigen Besuchen im Morgengrauen, bei denen sie das ganze Haus auf links wendeten wie einen abgetragenen Mantel, jede Schublade durchstöberten, jede Zwischendecke, jeden Spalt ausleuchteten, hatte sich jedenfalls niemand mehr sehen lassen.

Mit der Verhaftung wurde alles anders. Emilias Erleichterung zu wissen, wo sich ihr Sohn aufhielt, war nur von kurzer Dauer. Und verschwand endgültig, als sie und Paolo über die Hauptanklagepunkte unterrichtet wurden: drei Morde, wie Hinrichtungen ausgeführt, dazu einige bewaffnete Raubüberfälle und unzählige kleinere Delikte.

Im Nachhinein war Paolo völlig klar: Dies war der Zeitpunkt, als Emilia zu sterben begann.

Ihr Sohn kam in Isolationshaft. Über Tage. Wochen. Monate. Nur während der Verhöre konnte er noch mit jemandem reden. Als er endlich wieder zu anderen Menschen in eine Zelle gesteckt wurde und zu Hause anrufen durfte, nuschelte er wie ein Greis. Seine Zunge hatte das Zusammenspiel mit Zähnen und Gaumen verlernt. Paolo, am anderen Ende der Leitung, verstand kaum, was er sagte. Emilia gelang es etwas besser, aber dennoch wurde es nur ein kurzes Gespräch.

Nach den Vorschriften betrug die Dauer eines Anrufs genau eine Telefonmünze. Hörte man, wie die Münze klimpernd in den metallenen Bauch des Gerätes fiel, blieben nur noch wenige Sekunden, um sich zu verabschieden. Die Eile, die dadurch gegen Ende der Gespräche mit ihrem Sohn beim Abschiednehmen entstand, hatte für Paolo immer etwas Beklemmendes. Fast wäre er versucht gewesen, so ein Gespräch gleich mit einem »Ciao, mach's gut, wir sprechen uns bald wieder« zu beginnen und auf diese Weise die Sorge, sich zum Schluss nicht mehr richtig verabschieden zu können, schon mal los zu sein. Aber so weit ging er nie.

Bei jenem ersten Anruf nach monatelanger Isolation war das Letzte, was ihr Sohn, fast gleichzeitig mit dem Fallen der Telefonmünze, sagte:

»Kommt mich besuchen. Bitte.«

Danach war da nur noch das Brummen der abgebrochenen Verbindung.

Den ersten Besuch machten Paolo und Emilia gemeinsam. Ihr Sohn saß noch nicht in einem Hochsicherheitsgefängnis, die wurden erst später eingerichtet. In dem Besuchsraum trennte sie daher nur ein großer Tisch von ihm. Ein Wachmann passte auf, dass der Häftling und sein Besuch sich nicht berührten, doch wenn Paolo seine Hand ausstreckte, spürte er die Wärme dieses Körpers, der ihm so vertraut war, obwohl er unbegreifliche Dinge getan hatte: Diese Hände hatten Waffen umfasst, diese Finger Abzüge betätigt, mit diesen Augen – von der Farbe saftiger Wiesen wie schon in Kindertagen – hatte er Menschen aufs Korn genommen. Als Emilia ihren Sohn durch die Tür am anderen Ende des großen Raumes hereinkommen sah, stiegen ihr Tränen in die Augen. Und so lange ihr Besuch dauerte, hörte sie nicht mehr zu weinen auf. Es war ein leises Weinen, ohne Schluchzen oder

Stöhnen, nur ein unaufhörliches Strömen von Wasser aus ihren Augen. Die *Schleusen des Himmels*, kam es Paolo in den Sinn: Seine Frau weinte wie eine göttliche Überschwemmung. So als wolle sie jegliche Körperflüssigkeit, die in ihr war, ausscheiden, als wolle sie vertrocknen, zu einer Mumie schrumpfen.

Anzusehen war ihr das nicht. Emilias Körper verließ diesen ersten Besuchsraum genauso, wie sie Platz genommen hatte. Alles übrige jedoch verdorrte. Ähnlich einem Insekt, das von Bakterien verschlungen wird und von dem schließlich nur die Keratinhülle übrig bleibt.

Als Paolo erfahren hatte, dass sie ihren Sohn zum ersten Mal nach langer Zeit (sein letzter kurzer Einfall ins Elternhaus lag mittlerweile schon zwei Jahre zurück) wiedersehen würden, nahm er sich vor, ihm all die Fragen zu stellen, die ihm vor, hauptsächlich aber nach der Verhaftung den Schlaf geraubt hatten. Besonders als die Anklageschrift formuliert und sie über die einzelnen Punkte informiert wurden. Zuvor hatte er schon das Foto gesehen, das alle Tageszeitungen des Landes auf der ersten Seite brachten, das Foto von dem Mann, der in seiner Blutlache auf dem Gehweg lag, die geöffneten Handflächen zur Brust geführt wie ein Muslim im Gebet. Und das Foto von dem kleinen Mädchen in dem Mäntelchen auf der Beerdigung seines Vaters. Und das von dem Wachmann vor der Bank, die Brust durchsiebt von der dunklen Linie einer MP-Garbe. Und das von der schwangeren Frau, die einen Sarg mit einer Dienstmütze darauf umklammerte.

Doch von all den Fragen blieb schließlich nur eine einzige übrig, oder zumindest war sie das Einzige, was er in dem Moment der Begegnung denken konnte:

»Was hast du bloß getan? Was hast du getan?«

Und das war es, was er ihn fragte.

Ihr Sohn saß auf der anderen Seite des breiten Tisches und blickte nicht zu seiner Mutter, die leise, unaufhörlich die Welt mit salzigem Wasser überflutete.

»Die Revolution«, antwortete er.

In diesem Moment hatte Paolo fast wehmütig an dieses gedehnte »Bitte« zurückgedacht, das sie einige Wochen zuvor von ihm gehört hatten. So als sei diese flehentliche Bitte am Telefon ein zarter grüner Keim gewesen, der in der Wüste gesprossen war. Dann aber augenblicklich vertrocknete. Und von dem niemand je erfahren würde, welche Pflanze daraus hätte wachsen können.

Er stammelte nicht mehr, ihr Sohn. Sondern fuhr fort: »Und ich werde weiter für sie kämpfen. Auch hier drinnen. Für die Revolution.«

Nicht dass Paolo diese Antwort nicht erwartet hätte. Natürlich hatte er das. Dennoch versagte ihm die Zunge, so wie einem vor einer unüberwindbaren Mauer die Beine versagen. Erst nach einem langen Schweigen – während Emilia weinte und weinte, ohne den geringsten Laut von sich zu geben – fragte er ihn:

»Bekommst du genug zu essen?«

Das war der erste Besuch gewesen.

Und zugleich Paolos Einführung in die Welt der Durchsuchungen, der Listen mit erlaubten und nicht erlaubten Speisen, der Gefängnisbürokratie. Viele weitere Besuche sollten folgen, in vielen unterschiedlichen Haftanstalten, mit unfreundlichen oder gutmütigen Beamten, aggressiven oder schweigenden, mit Wärtern, die die Leibesvisitationen behutsam, mechanisch oder auf demütigende Weise vollzogen.

Emilia kam nicht mehr mit. Sie brauchte wenige Monate, um zu sterben.

Nur zwei Besucher, da dauerte es nicht lange. Und außerdem war die Einlasskontrolle, abgesehen von dem Problem mit den Ravioli, reibungslos verlaufen. Auch die Gespräche, keine besonderen Vorkommnisse. Da hatten sich nicht, wie sonst häufig zu Ende der Besuche, diese dramatischen Szenen mit Heulen, Flehen und Anrufungen des Himmels abgespielt, zu denen sich allzu viele hinreißen ließen. Vor allem die Frauen der Clanchefs, die es darauf anlegten, ihren Männern zu zeigen, wie unerträglich die Trennung für sie war. Dabei hatte der Strafvollzugsbeamte Camba den Verdacht, dass gerade die Frauen, die sich zu Ende der Besuchszeit am hemmungslosesten gehen ließen, ihren inhaftierten Männern am ehesten Hörner aufsetzten – eine Einschätzung, die er natürlich für sich behielt, denn er hatte keine Lust, sich irgendwo mit einem Messer im Bauch wiederzufinden.

*Wenn es doch bloß immer so wäre*, hatte er gedacht, als beide, sowohl der Mann als auch die Frau, nach der Ankündigung, dass die Zeit um sei, sofort ohne das leiseste Murren den Hörer der Gegensprechanlage einhängten. Kurz hatte er mit dem Gedanken gespielt, sie dafür mit einigen zusätzlichen Gesprächsminuten zu belohnen. Doch alle beide hatten sich so fügsam und geschwind auf den Ausgang zu bewegt, dass ihm Zweifel kamen, ob sie sich überhaupt über diesen Gefallen gefreut hätten. Vor allem, was die Frau betraf. In der Art, wie sie als Erste das Gesicht von der Scheibe abwandte, noch bevor der Kollege zu dem Häftling auf der anderen Seite getreten war, um ihn zurück in die Zelle zu bringen, hatte der erfahrene Blick des Vollzugsbeamten Camba eine vage Erleichterung erkannt. Und die Schwerfälligkeit, mit der sie sich von dem Stuhl erhob, war für ihn weniger Ausdruck von Niedergeschlagenheit, weil sie nun in ein Zuhause zurückkehren würde, wo ihr der Mann fehlte, als vielmehr der Befreiung von einer Pflicht. Sie war ja wirklich nicht die erste Frau, die ihren Mann hinter Gittern mit diesem Blick zurückließ: einem Blick, in dem Erschöpfung stand, Hoffnungslosigkeit, Trauer, aber eben auch Erleichterung.

Wobei, so dachte der Vollzugsbeamte Camba, seiner Einschätzung nach solche Frauen ihren Männern keine Hörner aufsetzten, ganz egal, wie viele Jahre diese abzusitzen hatten. Vielleicht irrte er sich da, aber sie sahen eben so aus, als wäre ihr Leben schon schwierig genug, auch ohne sich weitere Komplikationen aufzuladen.

Der Mann hingegen war sitzen geblieben und hatte auf die Scheibe gestarrt, bis sein Sohn in der braunen Gefängniskleidung, die den Glanz seiner Jugend trübte, den Raum auf der Seite der Häftlinge verlassen hatte. So verhielten sie sich alle, die Eltern, die hierherkamen, sogen das Bild ihrer inhaftierten Kinder bis zum letzten Tropfen in sich auf.

Camba begleitete die beiden Besucher zum Transporter. Das Fahrzeug wartete jenseits des himmelblauen Tores vor der anmutigen Gefängnisfassade, die Angehörige von Häftlingen in Hochsicherheitsverwahrung mit gutem Grund für eine perfide Verspottung halten mochten. Am grauen Horizont hatte es zu blitzen begonnen. Aber so lautlos, als schlucke das Dunkel der Wolken nicht nur die Farben der Welt, sondern auch das Donnern in der Ferne.

»Jetzt aber los, die Fähre wartet nicht«, sagte Camba zu dem Fahrer, der rauchend neben dem Wagen stand und den Himmel betrachtete.

»Die schaffen wir noch«, antwortete er. Ein langer, letzter Zug, der seine Backen höhlte, dann warf er die Kippe zu Boden. Während er hinters Lenkrad kletterte, brummte er, mehr zu sich selbst: »… sagten die Fernfahrer, als sie die Nutte am Straßenrand sahen.«

Paolo und Luisa zogen die Köpfe ein und stiegen in den Transporter, während der Fahrer schon den Zündschlüssel umdrehte. Das Aufheulen des Motors übertönte das Donnern in der Ferne. Er legte den Rückwärtsgang ein und wandte mit einer geschmeidigen Bewegung den Kopf – wäre doch zu schade gewesen, die Rosen- und Weißdornbeete zu ramponieren, die so sorgfältig gepflegt wurden von Häftlingen, die es besser als die dort drinnen hatten. Dann schlug er in die andere Richtung ein, gab Gas und hielt bald schon in hohem Tempo, das niedrige Gebäude rasch hinter sich lassend, auf den nördlichsten Punkt der Insel zu, wo die Fähre darauf wartete, die Besucher sicher zur großen Insel zu bringen, bevor der Sturm losbrach.

Paolo und Luisa schauten hinaus, schweigend, er in die eine, sie in die andere Richtung, während die Schlaglöcher sie durchrüttelten. Die Straße führte jetzt an einem schmalen Sandstreifen entlang, der das Meer von einem See mit stehendem schwarzen Wasser trennte. Ein weißer Esel, an dem sie vorüberkamen, blickte auf und begann neben ihnen herzugaloppieren. Einige Sekunden hatte Luisa den hellen Kopf unmittelbar neben sich vor dem Wagenfenster. Die Miene des Tieres wirkte so ernst und bemüht wie die eines Schülers, der am ersten Schultag nicht schon zu spät zum Unterricht kommen will. Als der Transporter ihn zurückließ, drehte Luisa den Kopf, um ihn nicht aus den Augen zu verlieren. Kurz deutete sie auch, an Paolo gewandt, ein Nicken an, wie um »Schauen Sie mal!« zu sagen, doch er hielt den Blick starr auf die Küstenlinie gerichtet und bemerkte es nicht.

Unterdessen war der Esel stehen geblieben, verharrte jetzt reglos auf dem Schotterweg und schaute mit sanften

Augen dem Transporter nach, der sich entfernte. Erneut suchte Luisa Paolos Blick. Sie bedauerte es, dass er die Szene verpasst hatte. Der Wind hatte weiter aufgefrischt. Das düstere Meer warf sich mit immer größerer Gewalt gegen die Klippen. Bei manchen Wellen spritzte die Gischt so hoch, dass sie fast ihren Wagen erreichte. Paolo hatte zwar die Augen geöffnet, sah jedoch nichts. Weder das Meer noch den Himmel.

Der neue Häftling war ihm nicht geheuer, doch Nitti Pierfrancesco hätte nicht sagen können, was es war. Vielleicht das Schweigen, in das er sich hüllte, kompakt und ohne Risse wie ein Kieselstein am Meer? Nein. Keinem Gefangenen, der neu auf die Insel kam, war danach, sich zu unterhalten. Der ausweichende Blick? Auch das nicht. Menschen, die es wagten, sich mit offenen Augen dem Urteil anderer auszusetzen, waren überhaupt selten, besonders unter Pädophilen … Dann vielleicht die Art, wie er dasaß, zusammengepresst wie eine Sprungfeder, die jeden Moment hochgehen konnte? Ach, welch eine Sensation! Männer, die vor Anspannung, Wut und Angst bebten, hatte Nitti jeden Tag vor sich, Urlaub ausgenommen. Nein, es war nichts von alldem. Aber irgendetwas war da. Ganz bestimmt. Man überstand nicht mehr als zehn Jahre im Strafvollzug, wenn man nicht in der Lage war, gewisse vage Signale wahrzunehmen.

Er erinnerte sich noch gut an seine Erschütterung nach den ersten Tagen. Damals hatte er beschlossen, seinen Wehrdienst bei der Strafvollzugspolizei abzuleisten, denn bei der Musterung war ihm versprochen worden, dass er dabei mit den Häftlingen gar nicht in Berührung käme. Das sollte wohl ein Witz sein. Die Grundausbildung bestand aus achtstündigen Gewaltmärschen in glühender

Hitze – eine unverzichtbare Voraussetzung für die Arbeit im Gefängnisalltag. Dann, am ersten Tag im Dienst, ab in die Zellen, von Angesicht zu Angesicht mit den Kriminellen.

Das Schwierigste war anfangs das Abzählen bei der Wachablösung. Abzulösende Wache, ablösende Wache und ein Vorgesetzter betraten die Zelle und zählten die Häftlinge. *Eizwedrevier-füsesiacht-neuzelzwölf-dreizevierzefünze:* Er hatte damals Mühe, mit der zungenbrecherischen Geschwindigkeit seiner zählenden Kollegen mitzuhalten. Seine Aufgabe bestand darin, aufzupassen, dass niemand vergessen wurde, und auf einer Liste nachzuprüfen, wo sich die Abwesenden aufhielten: bei der Essensausgabe, in der Krankenstation oder auf der Weide beim Kühehüten. Kurzum, dass sie nicht abgehauen waren. Die Zählung nachts um drei Uhr geschah nicht durch den Spion. Da musste man jede einzelne Zelle betreten und nachschauen, ob es sich bei den Umrissen auf den Betten um echte Menschen oder um Puppen handelte. Um festzustellen, ob Nitti auch wirklich bei der Sache war, zählten die älteren Aufseher manchmal einen der liegenden Körper zweimal. Korrigierte er sie dann nicht, musste er bei der folgenden Wachablösung für einen fehlenden Häftling geradestehen. Die Botschaft war eindeutig: Um keinen Preis durfte man sich von der Aufgabe ablenken lassen.

Und er ließ sich nicht ablenken, konzentrierte sich, und wenn er dann nach Hause ging, saß ihm immer noch die Angst, einen Fehler gemacht zu machen, in den Knochen. Aber mit der Zeit wurde er gelassener und selbstsicherer. Die Erfahrung brachte es mit sich, dass er irgendwann genau wusste, dass sich dieser Häftling zu einer bestimmten

Uhrzeit da aufhielt und jener dort. Und er lernte auch, so ungeheuer schnell wie die anderen zu zählen, dass sein Mund die Ziffern ausspuckte wie eine Häckselmaschine Späne.

Und sonntags in der Kapelle beugte er das Haupt und stimmte in den Chor der Kollegen und des Kaplans ein, und gemeinsam beteten sie:

*Aus dem grauen Dasein des Kerkers, in dem jene ihre Schuld verbüßen, die gegen die Gesetze der Menschen verstoßen haben, beten wir zu dir, o Herr: Lass unseren Geist alle Mauern überwinden und zu dir gelangen, damit unser Glaube gestärkt werde und wir zuverlässig unsere Pflichten erfüllen können. O Muttergottes, schenke uns Barmherzigkeit mit denen, die leiden, damit in uns versöhnt werde die Liebe zum Nächsten und die Notwendigkeit der Pflichterfüllung. O Heiliger Basilides, gib uns die Kraft, unseren Dienst zu tun, für unser Land, unsere Abteilungen, unsere Familien und die Brüder, die uns anvertraut sind. Segne uns, o Herr!*

Von der Fähre aus hatte Nitti den Neuankömmling zu den Aufnahmeformalitäten in die Zentrale gebracht. Dort gab man ihm eine Nummer und nahm ihm die Fingerabdrücke ab, alle persönlichen Gegenstände und Kleider musste er abgeben. Nun war der Mann gerade dabei, hinter einem Sichtschutz die Gefängnisuniform anzuziehen. Als er in diesem unförmigen Schlafanzug in der Farbe von Eselskot wieder dahinter hervortrat, hatte er endgültig die Verwandlung vollzogen zu dem, wofür die Wärter, in der trügerischen Annahme, die Häftlinge wüssten nichts davon, einen bestimmten Namen hatten. Dies war jetzt kein Mensch mehr, kein Staatsbürger und ein Strafgefangener nur noch für die Verwaltung. Für Nitti Pierfrancesco wie für alle seine Kollegen war er von nun an, seiner hellbraunen Uniform wegen, nichts weiter als eine *Gämse.*

Heute hatte Nitti nur diesen einen Pädophilen – oder Vergewaltiger oder so etwas in der Art – zu der Außenstelle zu bringen, der er zugewiesen war; mehr neue *Gämsen* waren heute ja nicht gekommen. Er saß jetzt neben ihm auf der Rückbank des Jeeps, während der Fahrer krachend die Gänge ins Getriebe knallte und den Wagen mit weit ausholenden Armbewegungen durch die Kehren der Schotterstraße lenkte.

»Was rast du denn so?«, beschwerte sich Nitti.

Zum wiederholten Male hatte er sich, ebenso wie sein Gefangener, wegen einer zu ungestüm angesteuerten Kurve den Kopf an der Innenwand des Fahrzeugs angeschlagen.

»Du bringst uns noch alle um …«

»Schön wär's«, murmelte der Häftling.

Ruckartig drehte sich Nitti zu ihm um. Während der Aufnahmeformalitäten wurde von den Gefangenen auf alle Fragen nicht mehr als ein »Ja« erwartet. Der hier aber hatte nur genickt. So war es nun das erste Mal, dass Nitti seine Stimme hörte. Sie klang kindlich, hoch, aufdringlich und hatte nichts gemein mit dem gedrungenen kräftigen Körper, aus dem sie hervorgekommen war. So als habe sie nicht ein Mann in Handschellen und Gefängnisuniform von sich gegeben, sondern der Mund eines verwöhnten Kindes, das schrie und trotzte, wenn es nicht bekam, was es haben wollte.

Nitti Pierfrancesco blickte dem Gefangenen so fest in die Augen, als hoffe er, dort eine Gemeinsamkeit zwischen dieser Stimme und diesem Gesicht zu finden. Aber es gelang ihm nicht, und das verstörte ihn, als habe er es mit einem echten Wunder zu tun.

Der Mann schien dem verdutzten Blick des Aufsehers keine Bedeutung beizumessen, vielleicht war er schon sein Leben lang daran gewöhnt, auf diese Weise angestarrt zu werden. Ohne ein Wort von Nittis Seite zu erwarten, nahm er wieder die Haltung ein, in der er auch schon während der ganzen Überfahrt gesessen hatte: den Kopf eingezogen, die breiten Schultern eingefallen, den leeren Blick auf einen Punkt zwischen dem Fußboden und der Höhe seiner Nase gerichtet.

Wieder wurde der Jeep fast aus einer Kurve getragen, und wieder stießen Nitti und der Gefangene mit den Köpfen gegen die Blechwand. Doch dieses Mal gab keiner der beiden auch nur einen Laut von sich.

Nitti sah zum Fenster hinaus. Am Himmel hatten sich dunkle Wolken zusammengezogen. Wie Gefängnisdecken sahen sie aus: Gewebe aus rauem, dickem Stoff, das nicht zu zerreißen war. Genau in diesem Moment erhob sich der Häftling von der Rückbank. Einige Augenblicke stand er so, die gefesselten Handgelenke vor dem Körper und sein Gleichgewicht suchend, in dem schaukelnden Geländewagen. Dann stürzte er sich mit einem Schrei, der kaum etwas Menschliches hatte, auf seinen Bewacher.

Der Transporter mit Paolo und Luisa an Bord hatte die Ebene hinter sich gelassen. Die Straße führte jetzt bergauf und wand sich in den engen Kurven fast um sich selbst. Es waren Kehren, wie sie Luisa auch aus den Bergen ihrer Heimat kannte. Nur fielen diese hier nicht senkrecht zu einer flussdurchzogenen Schlucht oder einem Tal hin ab, sondern zu rosafarbenen Klippen über dem Meer, deren Tönung jetzt allerdings verblasst war wie alles andere in diesem fahlen Licht auch. Auf der gegenüberliegenden Seite war die Felswand zum Teil abgetragen worden, um die Fahrbahn zu verbreitern, aber auch jetzt kamen hier zwei Fahrzeuge nur mit Mühe aneinander vorbei. Die Hände am Steuer, die Muskeln seiner Arme und breiten

Schultern wie aufgepumpte Bälle gebläht, warf der Fahrer einen kurzen Blick auf seine Armbanduhr. Er drückte das Gaspedal noch ein wenig stärker durch, wodurch die Räder des Transporters dem Klippenrand gefährlich nahe kamen. Erst als er aus der Kurve heraus war, bemerkte er das Fahrzeug, das aus der Gegenrichtung auf sie zuraste. Es war nur noch wenige Meter von ihnen entfernt.

In hohem Tempo kam der Jeep näher, schoss dabei im Zickzack hin und her wie ein verwundeter Stier und machte keinerlei Anzeichen, die Fahrt zu verlangsamen, wie es nötig war, wenn sich zwei Wagen auf dieser schmalen Straße entgegenkamen. Nein, jetzt hielt er sogar direkt auf sie zu. Mit aller Kraft seiner muskulösen Arme riss der Fahrer des Transporters das Lenkrad zunächst nach links, dann nach rechts und schließlich wieder nach links und konnte auf diese Weise um Haaresbreite einen Frontalzusammenstoß vermeiden. Es gelang ihm sogar, weder gegen die Felswand zu prallen noch ins Meer hinabzustürzen, und so blieb er schließlich mitten auf der Straße stehen, vielleicht fünfzig Meter hinter der Stelle, wo es passiert war. Der Jeep jedoch setzte seine betrunkene Fahrt fort. Schließlich prallte er gegen die Felsen und schrammte einige nicht enden wollende Augenblicke daran entlang, als wolle er ein ganzes Stück der Insel mitnehmen. Erst dann blieb er endlich stehen.

Der Fahrer des Transporters nahm sich noch nicht einmal die Zeit durchzuatmen, stieß die Tür auf und rannte zu der Unfallstelle.

In dem Jeep sah es aus, als seien die Insassen in einen Mixer gesteckt worden. Niemand war mehr auf dem Platz, auf den er gehörte. Der Fahrer war unter das Armaturenbrett gerutscht und schien eingeklemmt zu sein. Nitti hockte vor einer der Seitenbänke, sein Körper halb ausgestreckt auf dem bäuchlings am Boden liegenden Häftling, während sein Mund dessen Ohr berührte. Ein Bild von fast zärtlicher Intimität, sah man von der Tatsache ab, dass er dem Mann mit einer gespreizten Hand den Kopf auf den Boden presste und ihn auf diese Weise festhielt. »Hooh, hooh!«, rief er ihm zu wie ein Pferdebändiger seinem scheuenden Tier.

Als der Häftling den Kopf zu heben versuchte, traf ihn Nitti mit der Faust. Dann spreizte er wieder die Hand, packte den Häftling und begann, wie ein Kolben dessen Gesicht auf den Boden zu hämmern, hoch, runter, hoch, runter, und jedes Mal, wenn der Mann das Gesicht wieder anhob, stieß Nitti es erneut hinunter – selbstvergessen wie ein Basketballspieler, der sich am Spielfeldrand dribbelnd auf eine wichtige Partie vorbereitet. Dann hörte man ein lautes Knacken vom Nasenbein des Häftlings, das gebrochen war.

»Nitti. Lass jetzt. Es reicht!«

Er hob den Blick und erkannte den Fahrer des Transporters. Scheinbar selbst überrascht, sich rittlings auf einem Gefangenen sitzend wiederzufinden, hielt er inne.

Unterdessen hatte sich der Fahrer des Jeeps aus seiner misslichen Lage unter dem Armaturenbrett befreit. Mit verstörter Miene richtete er sich auf, blinzelte und stieg dann, auf der heilen Seite, die dem Meer zugewandt war und als einzige noch eine Tür besaß, die diesen Namen verdiente, mit trägen Bewegungen aus dem Fahrzeug. Eine dünne schwarze Rauchwolke stieg aus der Motorhaube auf.

Aus der Nase des Häftlings lief jetzt Blut und tropfte auf den Boden des Wagens, dann auch auf Nittis Uniformjacke, als dieser seinen Widersacher mit Handschellen an ein Bein des Sitzes kettete, unter dem sie gelandet waren. Dann richtete er sich auf und bewegte nacheinander jeden Teil seines Körpers, so als lasse er sie zum Appell antreten: Beine, Hals, Arm … Ja, alles noch an seinem Platz. Als er wieder aufrecht stand, machte er Anstalten, das Fahrzeug durch die Hecktür zu verlassen, drehte sich zuvor aber noch einmal um. Angekettet auf dem Bauch liegend, eine blutbesudelte Wange am Boden, schaute ihn der Häftling von unten herauf an.

»Ein schlechter Anfang«, sagte Nitti in sachlichem Ton zu ihm. »Ganz schlecht. Du kannst dir gar nicht vorstellen, wie sehr du diesen Anfang noch bereuen wirst.«

»Was ist eigentlich passiert?«, fragte der Fahrer des Transporters, der an der Rückseite des Jeeps aufgetaucht war.

Vorsichtig sprang Nitti aus dem Wagen. Ja, auch die Gelenke funktionierten noch.

»Keine Ahnung, was in den gefahren ist«, antwortete er. »Plötzlich fing er an, wie ein Irrer zu schreien, ist aufgesprungen, hat sich nach vorne geworfen und versucht, ihm das Lenkrad aus der Hand zu reißen …« Er deutete auf den Fahrer des Jeeps.

Dieser humpelte jetzt zu den beiden anderen, die an der Rückseite des Fahrzeugs standen.

»Puh. Das sah nicht gut aus …«, sagte er.

Paolo und Luisa waren ebenfalls ausgestiegen und näher gekommen, aber niemand beachtete sie.

»… seufzte die Gräfin, nachdem sie nackt über die Spiegel gelaufen war«, setzte der Fahrer des Transporters den Satz fort.

Wieder hatte er seinen Witz leise, ohne zu lächeln, vor sich hin gemurmelt, als sei es ihm gleich, ob man ihn verstand oder nicht. So war es wohl nicht verwunderlich, dass er nur ratloses Schweigen erntete.

Nach einigen Sekunden des Nachdenkens aber fing Nitti an zu lachen, und kurz darauf lachte auch der Fahrer des Jeeps. Erst jetzt gab der Urheber des Witzes seine unbeteiligte Miene auf und stimmte, indem er heftig mit den Schultern zuckte und die Lippen verzog, in das Gelächter der anderen ein. Sein Lachen schürte wiederum das von Nitti und dem anderen Fahrer, der jetzt mit schmerzverzerrter Miene eine Hand auf die Brust legte:

»Aua, aua, hört auf, bringt mich nicht zum Lachen …«, stöhnte er, indem er auf seine Rippen deutete.

Aber er hörte selbst nicht auf, ganz im Gegenteil, je mehr er sich bemühte, desto weniger gelang es ihm, bis ihm schließlich sogar die Tränen kamen, wobei nicht klar war, ob der Grund dafür seine Heiterkeit war oder sein eingedrückter Brustkorb.

Paolo blickte die drei entgeistert an. Es fiel ihm schwer zu glauben, dass sie in dieser Situation über solch einen Witz lachen konnten, einen Kalauer, der so … so … platt war. Oder vulgär? Absurd? Im Geiste suchte er nach dem passenden Adjektiv. Ja, das war's: *Unpassend*, hätte Emilia gesagt. Dann jedoch, als Folge einer Art muskulärer Ansteckung, begann auch er, die Lippen zu öffnen und auf die Zähne zu beißen – weniger zu einem Lachen als zu einem Grinsen. Und ohne dass er es selbst recht merkte, stimmte er in das Gelächter dieser Männer ein, die um ihr Leben gefürchtet hatten und dann doch mit fast heiler Haut davongekommen waren.

Nur Luisa schwieg. Sie war mit Paolo zu den Männern bei dem verbeulten Jeep getreten und stand jetzt neben ihm, zaudernd und still wie jemand, der gern mitlachen würde, aber den Grund für das Gelächter einfach nicht erkennen kann. Und als sie merkten, dass die Frau sie ansah, hörten auch die Männer wieder zu lachen auf, als

Erster Paolo. Nitti war der Letzte, der wieder ernst wurde und seine Miene in Ordnung brachte wie jemand, der nach einer kleinen Feier das Wohnzimmer aufräumt.

»Ich sag der Zentrale Bescheid, sie sollen uns einen Wagen schicken«, sagte er.

Er ging um den Geländewagen herum und verschwand aus dem Blickfeld der anderen. Die Fahrer und die beiden Besucher standen schweigend zusammen, während die Windböen an ihnen rissen, und schauten einander nicht ins Gesicht. Die durch das Lachen entstandene unerwartete Nähe sorgte jetzt für Verlegenheit unter ihnen, weil sie sich eigentlich fremd waren. Vom vorderen Teil des Jeeps drangen Nittis Stimme und die krächzende Antwort aus einem Lautsprecher zu ihnen.

»Immerhin ... Das Funkgerät scheint noch zu funktionieren«, sagte der Fahrer. Er war weder so groß wie Nitti noch so muskulös wie der Fahrer des Transporters und machte eher den Eindruck, als habe er in der Schule früher zu jenen Kindern gehört, die regelmäßig Zielscheibe der Klassenrowdys wurden. Eine Hand unter der Achselhöhle, hielt er sich die verletzte Rippe.

Nach einer Weile schwiegen die beiden Stimmen, und Nitti tauchte wieder bei ihnen auf. Seine Lippen waren zusammengekniffen.

»Was sagen sie denn?«, fragte der Fahrer des Transporters.

Nitti deutete in den Innenraum des Geländewagens hinter ihm und auf den Häftling, der dort angekettet lag.

»Wir müssen die verrückte *Gämse* da mit deinem Wagen zu seinem Kittchen bringen. Die haben jetzt kein Fahrzeug frei, das sie uns schicken können.«

»Aber das geht doch nicht ... Ich muss die da zur Anlegestelle fahren!« Mit dem Daumen zeigte er auf Luisa und Paolo.

»Die schaffen die Fähre sowieso nicht mehr. Die legt gerade ab«, sagte Nitti.

»Was soll das heißen? Die legt ab …«, fragte Paolo.

»Der Kapitän meinte, er habe keine Lust, sich vom Maestrale hier festhalten zu lassen. Er will schnell zurück in den Hafen.«

»Und was ist mit uns? Er kann uns doch nicht hier zurücklassen!«, hakte Paolo nach.

»Ja, was ist mit uns? Wie sollen wir nach Hause kommen?«, sagte Luisa.

Alle schauten sie an, offenbar überrascht, dass diese Frau eine Stimme hatte.

Nitti zeigte aufs Meer, das schieferschwarz und übersät mit hellen Kämmen – als weidete dort eine Herde weißer Tiere – vor ihnen lag.

»Der Maestrale wird bald losbrechen, und dann fährt hier überhaupt niemand mehr nach Hause.«

In diesem Moment brauste der ohnehin schon heftige Wind noch stärker auf und traf sie wie eine Backpfeife im Gesicht. Alle, bis auf Paolo. Der hatte sein Gesicht nicht dem aufgewühlten Wasser zugewandt, sondern blickte in den Innenraum des Geländewagens.

Dort lag der Häftling, die Handgelenke an eine Strebe gekettet, eine Wange auf dem Boden, während aus seinen Nasenlöchern, wie zwei Girlanden, schleimige Blutfäden rannen. Er starrte Paolo mit weit aufgerissenen Augen an wie ein Opfertier.

Paolo und Luisa waren allein.

Eigentlich war auch noch der Fahrer des zerstörten Jeeps da, doch der hatte sich auf seinen Fahrersitz verkrochen wie eine Schnecke ins Schneckenhaus und war für die beiden hinter dem Wagen weder zu hören noch zu sehen.

»Einer muss bei den beiden bleiben«, hatte Nitti zu ihm gesagt. »Die haben Angehörige im Hochsicherheitsbereich.«

Auch wenn nicht klar war, was Paolo und Luisa, unbewacht, hätten anstellen können: die vom Sturm gepeitschte Insel durchstreifen, in dem Schrotthaufen die Flucht ergreifen, einen Ausbruch organisieren?, hatte die metallische Stimme aus der Zentrale es so angeordnet: *»Lasst die beiden nicht allein, egal was passiert.«*

Nitti hatte den Häftling in den Transporter verladen, der dann bald darauf hinter der Spitzkehre verschwunden war. Wann sie wiederkommen würden, war nicht abzusehen.

Luisa und Paolo kletterten in den Jeep, um sich vor dem Wind zu schützen. Während Paolo hinter ihr einstieg, deutete er ein Schließen der Wagentür an und warf ihr dabei einen fragenden Blick zu.

»Soll ich zumachen?«

Sie schüttelte nur kurz den Kopf, worauf Paolo mit sichtbarer Erleichterung reagierte.

»Ja ... finde ich auch. Ein wenig offen ist besser.«

So ließ er die Wagentür einen Spalt breit geöffnet und setzte sich neben sie. Um ihm Platz zu machen, war Luisa zur Seite gerückt, was gar nicht nötig gewesen wäre. Auf der Bank hätten auch vier Leute sitzen können. Während er sich neben ihr niederließ, hob sie den Blick und sah ihn an. Dabei fiel ihm auf, dass das Azurblau ihrer Augen von perfekt runden schwarzen Kreisen umrandet waren. *Wie von Mauern eingefasste Gärten,* dachte er.

Schweigend saßen sie beisammen, Seite an Seite, sein Kopf nur ein wenig höher als der ihre. Ungehindert prallten die Böen gegen die Windschutzscheibe des Jeeps, der aber nicht ins Schwanken geriet, da er zwischen den Felsen eingeklemmt war. Die Rückseite war vom Wind abgewandt: In der Luft, die durch den Spalt zwischen Rahmen und Hecktür in den Innenraum zog, bewegten sich Luisas Rock und Haare, jedoch ohne dass es ihr unangenehm gewesen wäre.

Landeinwärts setzte sich das Kap, auf dem sie sich befanden, in immer zerklüfteteren Steilhängen bis zum höchsten Punkt der Insel fort, einem einzelnen, spitz aufragenden, fast alpinen Gipfel in der Ferne. Am anderen Ende der Bucht erhob sich auf einer abgerundeten grünen Landzunge auf kreisförmigem Grundriss die Ruine eines Turmes. Es sah aus, als sei ein Stück Irland ans Mittelmeer verpflanzt worden. Vor ihnen führte die Straße wieder bergab und durchzog einen schmalen Streifen Land, der einen Strandsee vom Meer trennte; mit jeder neuen Welle drohten die Fluten die Fahrbahn zu verschlingen und die beiden Gewässer wieder zu vereinen. Nicht weit von dem Jeep entfernt, in der ausgedehnten Ebene hinter dem Strandsee, sah man eine Herde Wildpferde. Reglos standen sie da, die Augen geschlossen zu einer Miene grenzenloser Geduld, jedes Tier gleich ausgerichtet, den Kopf vom Wind abgewandt, das Hinterteil im Sturm.

»Die richten sich auf das Unwetter ein«, sagte Paolo.

»Kühe machen das besser«, erwiderte Luisa.

»Ja? Wie denn?«

»Die legen sich flach hin.«

»Sie scheinen sich mit Tieren auszukennen …«

»Tja, ich hab siebenunddreißig.«

»Siebenunddreißig! Was sind Sie denn von Beruf? Zoodirektorin?«

»Nein. Bäuerin.« Sie sagte das, ohne auch nur andeutungsweise die Ironie in seiner Bemerkung aufzunehmen. Es war bloß eine Feststellung, konkret und nackt: nicht Zoodirektorin, sondern Bäuerin.

»Und was für Tiere haben Sie?«

»Zwölf Kühe. Drei Kälber. Einen Bullen. Acht Hühner. Einen Hahn. Küken nicht zu dieser Jahreszeit. Sechs Kaninchen. Zwei Katzen. Drei Ziegen. Und einen Pfau. Sie wissen schon …, die ein Rad schlagen.«

»Einen Pfau? Das sind schöne Tiere.«

»Ja, sehr schön. Nur ihre Stimme nicht. Die klingt furchtbar. Aber die Federn sind wirklich sehr schön … Hatten Sie schon mal eine Pfauenfeder?«

»Ob ich schon mal eine besessen habe? Ich glaube nicht, aber in der Hand gehabt schon.«

»Die bringen Glück. Vor allem die letzte.«

»Was heißt das, ›die letzte‹?«

»Die letzte, die der Pfau verliert. Die letzte, die ihm herausgezogen wird, hier …« Sie zeigte auf ihr Gesäß auf der Bank. »Als meine Kinder noch klein waren, sind sie ihm jedes Jahr nachgerannt und versuchten, sie ihm …« Sie schloss die Hand und deutete einen Ruck an.

»Armer Pfau!«, sagte Paolo.

»Nein, nein, der war schlau und ist immer weggelaufen. Sie haben es nie geschafft, ihm die Feder herauszuziehen. Die fiel dann von selbst heraus, und so begann der Streit. *Die ist mir! Nein, die ist mir! Ich hab sie zuerst gesehen! Ich hab sie aufgehoben!* Jedes Jahr die gleiche Geschichte. Bis sie mir die Feder brachten und sie mir schenkten. Nur so haben sie aufgehört, sich zu zanken. Deshalb habe ich auf meiner Anrichte eine ganze Menge letzte Pfauenfedern stehen. Und deswegen habe ich Glück.«

Sie zog eine Augenbraue hoch, wie um zu sagen: »Ja, so ist es.«

Paolo riss nicht wirklich die Augen auf, aber sein Gesicht verriet Erstaunen.

»Sie haben Glück?«

Er schüttelte zweifelnd den Kopf und deutete dann mit dem Kinn in die Richtung, aus der sie gekommen waren.

»Wen haben Sie dort besucht?«

»Meinen Mann.«

»Ihr Mann ist in einem Hochsicherheitsgefängnis inhaftiert …, und Sie meinen, Sie haben Glück?«

Luisa senkte den Blick auf ihre Schuhe und dachte nach. Verstört wurde Paolo sich bewusst, dass sie auch diese Bemerkung seinerseits wörtlich nahm.

»Na ja …, doch«, antwortet sie in der Tat gedankenversunken. »Nehmen Sie das hier zum Beispiel.«

Sie machte eine weit ausholende Armbewegung, die den Jeep einschloss, das Meer, über das sie jetzt nicht zurückfuhren, und die ganze Insel, auf der sie festsaßen.

»Wäre mir das vor ein paar Jahren passiert, hätte ich nicht gewusst, was ich tun soll. Aber heute sind meine Kinder schon groß. Einen Tag länger allein …«

Sie hob die Schultern und ließ sie mit nachdrücklicher Unbekümmertheit wieder fallen.

»… das ist nicht tragisch. Also habe ich Glück, oder?«

So beendete sie den Satz, mit diesem fragenden ›oder?‹, als wolle sie eine in der Tat ganz andere Alternative offen lassen: *oder irre ich mich?, oder habe ich vielleicht unrecht?* Genauso ernst, wie sie seine Fragen aufgefasst hatte, bat sie ihn jetzt um eine Bestätigung ihrer Einschätzungen.

Paolo führte eine Hand zur Schläfe, blinzelte und schüttelte den Kopf. Er schämte sich.

»Verzeihung, ich bin zu weit gegangen. Ich hatte kein Recht, das zu sagen.«

»Wieso? Sie haben doch nichts Schlimmes gesagt.«

Luisa schaute ihn an, mit einem Blick, in dem nicht der Hauch einer Kränkung oder Verärgerung zu erkennen war.

»Wen haben Sie denn besucht?«, fragte sie.

»Meinen Sohn.«

Luisa nickte, so als könne sie sich bereits alles denken.

»Ein Sohn. Das ist schlimm.«

In all den Jahren hatte Paolo nie engere Bekanntschaft mit Angehörigen anderer Häftlinge geschlossen. Dabei hatte er natürlich viele kennengelernt. Eltern, Mütter und Väter, so wie er, aber auch Ehefrauen, Brüder, Schwestern. Manche waren zornig, andere depressiv, fast alle aber verzweifelt. Einige waren wie besessen von einem Furor, der ihnen eine hektische Energie verlieh, um die Paolo sie fast beneidete. Kinder von Inhaftierten hingegen waren ihm kaum begegnet, und wenn, waren sie meist noch relativ klein. Wer diesen Weg eingeschlagen hatte – zunächst der Untergrund, dann die Haftanstalt –, war frühzeitig, wenn nicht gar schon als Jugendlicher, auf diese Bahn geraten: Nur wenige hatten vorher die Zeit, an Nachwuchs zu denken. Das Objekt ihrer Fürsorge und liebevollen Gefühle war der bewaffnete Kampf, der, anders als ein eigenes Kind, auch in Wohnungen, die unter falschem Namen gemietet waren, aufgezogen werden konnte. Hin und wieder hatte Paolo in Besuchsräumen Kinder gesehen, die bei den Großeltern aufwuchsen, deren Leben durch das Drama ihrer Familie zutiefst erschüttert worden war. Erwachsene Söhne oder Töchter von Häftlingen hatte Paolo hingegen nie erlebt.

Immer mal wieder waren Angehörige von politischen Gefangenen an ihn herangetreten und hatten ihm vorgeschlagen, sich ihrer Initiative anzuschließen. Aber er hatte sich dem stets entzogen und zu vagen, wenig glaubhaften Ausreden Zuflucht genommen, die auf der Ge-

genseite, dessen war er sich sicher, nur Misstrauen und Unverständnis hervorgerufen hatten. Nicht dass er deren Engagement geringgeschätzt hätte. Häufig waren sie die Einzigen, die die Haftbedingungen in den Gefängnissen öffentlich machten: zum Beispiel die Dauer der Isolationshaft, die oft genug jedes ermittlungstechnisch vernünftige Maß überstieg; die willkürliche Beschneidung von Kontakten nach draußen; Überbelegung; Zellen, denen so manches Mal selbst die allernötigste sanitäre Ausstattung fehlte. Oder sie kämpften gegen eine Notstandsgesetzgebung, die es möglich machte, Menschen wegen schwerster Delikte (etwa Zugehörigkeit zu einer kriminellen Vereinigung oder Beteiligung an terroristischen Attentaten) anzuklagen, die vielleicht nur Papiere in Verwahrung genommen hatten, deren Inhalt sie gar nicht kannten, die einen Freund von Freunden eine Nacht lang beherbergt hatten oder in deren Kalender eine falsche Telefonnummer gefunden worden war.

Paolo kannte genügend solcher Fälle, in denen der Staat mit brutaler bürokratischer Gewalt reagiert hatte. Zum Beispiel den einer Frau, deren Mann mit Haftbefehl gesucht wurde, und bei der eines Nachts die Carabinieri hereinplatzten: Sie fanden Waffen, die ihr Mann ohne ihr Wissen im Bettchen des Säuglings versteckt hatte. Die Frau wurde festgenommen und nie mehr freigelassen, sondern im Gegenteil später zu dreißig Jahren Haft wegen Unterstützung einer kriminellen Vereinigung verurteilt. Ihr Kind kam in die Obhut des Jugendamtes. Noch viele Wochen nach ihrer Festnahme hatte die Frau in der Untersuchungshaft immer wieder an ihren Brustwarzen gezogen und die Brüste massiert, sodass die Muttermilch ihren Häftlingskittel befleckte. Von ihrem Mann hatte sie nie mehr etwas gehört. Jahre später erfuhr sie, dass er wohl in einem tropischen Land lebte. Irgendwann begann sie, mit Engeln zu reden, die sie, wie sie behauptete, jeden Abend in ihrer Zelle besuchten.

Wenn Paolo von solchen Geschichten hörte, die von Leid trieften wie vergammeltes Fleisch von fauligem Saft, hatte er nur ein einziges Bedürfnis: sich davon fernzuhalten. In seinen eigenen, persönlichen Schmerz zu fliehen. Der brannte und vielleicht unerträglich war, aber immerhin vertraut. Und dann machte er sich daran, die Fotos anzuschauen. Von Emilia als junger Braut. Von ihrem Sohn als kleinem Jungen mit dem ersten Zeugnis in der Hand. Von ihnen dreien, glücklich im Garten des Hauses in Framura. Bilder aus dem Paradies, die es ihm erlaubten, sich mit unerbittlicher Genauigkeit vor Augen zu halten, wie tief der Absturz war.

Es gab aber auch Angehörige, die nie jemand traf, die man weder in den Besucherräumen im Gefängnis noch auf den Bänken im Gerichtssaal sah. Den Vater eines Zellengenossen seines Sohnes zum Beispiel, Funktionär der größten Oppositionspartei. Als dessen Junge nach extrem langer Isolationshaft in den Normalvollzug zurückdurfte, schrieb er an seine Eltern: ›Mama, Papa, ich weiß nicht mehr, wer ich bin, kommt bitte her und helft mir, mich zu erinnern.‹ Aber selbst da lehnte es der Vater noch ab, seinen inhaftierten Sohn zu besuchen, und verbot es darüber hinaus auch seiner Frau.

Paolo war der einzige Angehörige der politischen Gefangenen gewesen, der sich nicht voller Empörung über diesen Vater geäußert hatte. Die anderen schmähten den Mann als Apparatschik, als kalten Politiker, der seine Vaterpflichten vergesse, nur um seine Partei vor dem Vorwurf der Nähe zum Terrorismus zu bewahren. Paolo konnte das nicht so sehen. Obwohl er selbst in jeder Instanz des Verfahrens gegen seinen Sohn im Gerichtssaal zugegen war, obwohl er jede Besuchsgelegenheit wahrgenommen hatte, die ihm die Behörde einräumte, obwohl er dazu noch viele Anträge auf zusätzliche Besuchstermine gestellt hatte, obwohl er sich also nicht grundverschiedener von diesem Vater hätte verhalten können, spürte er doch Verständnis für ihn. Oft genug hatte es ihn ja selbst gedrängt, zwischen sich und seinem Sohn eine Mauer zu errichten, einen tiefen Graben, ein Meer, einen Ozean, eine astronomische Distanz, was es auch sei, wenn es nur dazu taugte, dass er nichts mehr mit ihm zu tun haben musste. Konnte er sich da als besseren Menschen sehen, nur weil diesem Vater, im Gegensatz zu ihm selbst, das alles gelungen war?

Abgesehen von solchen Einzelfällen gehörten die meisten Angehörigen der Gefangenen dieser Initiative an. Sie kämpften für menschwürdigere Haftbedingungen, für die Einhaltung der elementarsten Grundrechte, mit anderen Worten für die Einhaltung der Verfassung. Wie hätte man ihnen nicht recht geben können? Und Paolo war mit allem einverstanden. Doch hatte er seit Emilias Tod für kaum noch etwas Kraft, am wenigsten aber für einen Aktivismus, in dem er zugleich die Weigerung spürte, die andere Seite der Geschichte zuzugeben: also das Motiv, den Grund, die eigentliche Ursache, weshalb ihre Söhne, Töchter, Ehemänner, Brüder, Schwestern im Gefängnis waren. Diese Weigerung trat manchmal aggressiv auf, manchmal klagend und war immer menschlich verständlich, ihm jedoch fremd – *leider*, hätte er sagen können. Paolo gelang es nicht, mit den anderen Angehörigen die Überzeugung zu teilen, dass für Unrecht und Gewalt nur dieser Staat verantwortlich sei, der ihre Liebsten gefangen hielt.

Im Gegensatz zu jenen hatte Paolo den Grund, weshalb sein Sohn gefangen war, stets gegenwärtig. Mehr noch, er trug ihn immer mit sich, in seiner Brieftasche: Das Foto von dem kleinen Mädchen in dem dunklen Mäntelchen passte auf, dass er ihn nie vergaß.

Jetzt wandte er sich wieder dem Gesicht der Frau zu, die in dem Jeep neben ihm saß.

*Ein Sohn. Das ist schlimm.*

So hatte sie es ausgedrückt. Und Paolo hatte gespürt, wie ihn eine Wärme überkam und sich über seinen Brustkorb verteilte. Warum, hätte er selbst nicht sagen können, oder vielleicht doch: In den letzten Jahren hatte er es durchaus erlebt, dass man Trost, Mitgefühl, auch den einen oder anderen Ratschlag für ihn übrig hatte – ja, es gab tatsächlich Menschen, die sogar einem Mann noch Ratschläge erteilten, dessen Frau gestorben war, weil sie sich aufgegeben hatte, nachdem ihr Sohn zum Mörder geworden war. Aber noch niemand hatte es bisher geschafft, dass er sich auf eine so einfache, natürliche Weise verstanden fühlte.

»Ja«, sagte er jetzt, »das ist schlimm.«

Und dabei entfuhr ihm, wie so oft, einer dieser tiefen Seufzer, und er fühlte, wie der Druck auf seiner Brust schwächer wurde – wenngleich nur ein wenig. Auch das hatte er zuvor noch nie erlebt.

*Ein Sohn. Das ist schlimm.*

In der Tat, mehr war dazu wirklich nicht zu sagen.

Besuche im Gefängnis machte Luisa schon sehr viel länger als Paolo. Fast zehn Jahre waren mittlerweile seit jener Nacht vergangen, als drei Carabinieri ihr den Mann und alles, was sie über das Leben an seiner Seite zu wissen glaubte, weggenommen hatten. Er selbst hatte ihnen die Tür geöffnet. Auf die Frage, ob er die Person sei, deren Name der ranghöchste Carabiniere genannt hatte, antwortete er:

»Ja.«

Dann griff er zu seinem Mantel, zog ihn über und streckte die Arme für die Handschellen aus. Kein Blick, kein Wort – der Erklärung, des Trostes, der Entschuldigung, der Wut, irgendein Wort – für sie, die ihm mit halb offenem Mund zusah, während die vom Schlafen geschwollenen Augenlider wie Vögel im Käfig flatterten. Dann war er fort, und mit ihm die drei Männer in Uniform – verschwunden wie ein böser Traum, durch die Tür hinaus, die niemand hinter ihnen schloss. Starr vor Kälte, die von der verschneiten Tenne hereinzog, stand Luisa da und dachte bloß, dass es sich bei dieser Szene nur um einen Albtraum handeln konnte. Offenbar war sie zur Schlafwandlerin geworden, wie ja auch die Tatsache, dass der Körper ihr nicht mehr gehorchen wollte, bewies.

Als sie sich endlich wieder bewegen konnte, ging sie in die Küche hinüber und setzte sich an den Tisch. Gedankenverloren zeichnete sie mit den Fingern die Maserung der Tannenholzplatte nach, und irgendwann begann sie, die Adern zu zählen. Das war gar nicht so leicht: Die Linien waren dünn und schwer voneinander zu unterscheiden. Sie musste ihnen mit dem Zeigefinger folgen, um nicht den Faden zu verlieren und die Zählung immer wieder von vorn beginnen zu müssen. Nach einer Weile dachte sie sich ein System aus: Bei allen Vielfachen von zehn angekommen, wartete sie einen Moment, bevor sie weiterzählte. Viele Stunden lang gab es nichts anderes mehr für sie, als diesen Tisch, die Maserung im Holz und die Zahlen, die ihr über die halb geschlossenen Lippen kamen.

Das Haus lag eingebettet in den tiefen Frieden der schlafenden Kinder. Die Verhaftung ihres Vaters war so rasch und reibungslos vor sich gegangen, dass keines der fünf davon aufgewacht war.

Einige Tage nach der Verhaftung bestellten die Carabinieri Luisa auf die Wache. Sie wollten sich ein genaueres Bild davon machen, wer ihr Ehemann war. Jemanden mit bloßen Händen umzubringen, war gar nicht so einfach, selbst wenn man sturzbetrunken war. Sie fragten sie also, was er für ein Mensch sei.

Luisa erzählte nichts von ihrem Ausflug in die Berge, bei dem er sie fast in den Abgrund gestoßen hätte. Und auch nichts von den späteren Vorfällen. Auf die neugierigen Fragen der Nachbarin hatte sie damals mit Ausflüchten reagiert: Sie sei gestolpert, habe sich an einer Kante der Anrichte das Gesicht gestoßen oder einen Balken exakt auf der Höhe ihres Wangenknochens übersehen. Sie erzählte auch nicht, wie sich Ciriano, noch ganz klein, hinter ihr versteckt hatte, weil der Vater ihn verfolgte, und sie dem Kleinen als Schutzschild diente – im wahrsten Sinne: Sie hielt die Schläge ab, erst mit ihrem Gesicht, dann mit der Brust, schließlich mit dem ganzen Körper. Als sie am Boden lag, versuchte Ciriano, den Vater zurückzuhalten, zusammen mit der ältesten Schwester, die die Schreie gehört hatte und herbeigelaufen war. Anna und Ciriano waren noch klein, doch sie klammerten sich von hinten an diesen Hünen von Mann, der ihr Vater war, damit er endlich aufhörte, auf die Mama einzutreten.

Und er hörte auf, stand mit hängenden Armen da und begann zu weinen. Er half ihr aufzustehen und versuchte, die beiden Kinder in den Arm zu nehmen. Doch die flohen vor ihm, und so drückte er nur seine Frau fest an sich und flehte sie um Verzeihung an. Die aber, noch auf unsicheren Beinen wankend, sagte nur zu ihm:

»Geh in den Stall melken. Es ist schon spät.«

Von diesen Zwischenfällen berichtete sie den Carabinieri nichts. Andere Dinge, die nicht weniger wahr waren, erwähnte sie.

»Er arbeitet von früh bis spät.«

»Er lässt es uns an nichts fehlen.«

»Er ist ein ehrlicher Mann.«

Schließlich erzählte sie, wie sie einmal bei einem fliegenden Händler an der Haustür einen Besen gekauft hatte und, zurück in der Küche, feststellte, dass ihr der Händler zehn Lire zu viel herausgegeben hatte. Mit zehn Lire konnte man sich gerade mal ein Bonbon kaufen, vielleicht auch zwei. Aber ihr Mann habe darauf bestanden, dass Anna, damals sieben, dem Verkäufer, der schon längst weitergezogen war, die Straße hinunter nachrannte, um ihm das Kleingeld zurückzugeben.

Als Luisa endlich von der Polizeiwache nach Hause kam, nahm sie ihre Kinder mit zu sich ins Bett. Alle, nicht nur die jüngsten. Anna war damals elf, Ciriano zehn, Maddalena sieben, Irene fünf und Luca zwei. Sie wollte sie an sich drücken, jedes einzelne, ihren Geruch einatmen so wie früher, als sie sie gestillt hatte. Die drei Jüngsten kuschelten sich in ihre Arme, während sich die beiden Älteren verdutzte Blicke zuwarfen: Schon seit Jahren hatte ihre Mutter sie nicht mehr in den Arm genommen. Und so schmiegten sie sich mit einem Gefühl vager Verlegenheit, aber auch unerwarteten Wohlbehagens an sie. Erst in diesem Moment wurde Luisa bewusst, dass sie, solange ihr Mann in Haft war, das Bett nicht mehr mit ihm teilen würde. Und eine unaussprechliche, dunkle Erleichterung überkam sie.

Am nächsten Morgen waren die Kühe zu melken, war Wäsche zu waschen, den Kindern Essen zu machen. Sie wusch sich das Gesicht, band sich die Haare zusammen und machte sich an die Arbeit. Den ganzen Tag arbeitete sie, als habe sie das alles immer gewusst: schon am Morgen ihrer Hochzeit, als die Freunde des Bräutigams sie, die Braut, entführt hatten, und ihre Verwandten gekommen waren, um sie unter Hupen, Kreischen und Lachen zu befreien. Und dann, als ihre kleine Cousine, damals noch in der Grundschule, die Ringe auf einem Kissen zum Altar gebracht hatte, und Braut und Bräutigam vor Gott und den Menschen gelobten: Ja, mit dir will ich zusammen sein, bis dass der Tod uns scheidet. Als habe sie in all diesen Momenten vorhergesehen und einkalkuliert, dass dieser Mann, den sie da heiratete, eines Tages zu vielen Dutzend Jahren Haft verurteilt würde, weil er jemanden mit bloßen Händen umgebracht hatte, erschwert durch den Umstand, dass die Tat aus »nichtigen Beweggründen« – wie es im Urteil hieß – geschah, und dass man ihm nach einiger Zeit noch einmal ein paar Dutzend Jahre zusätzlich draufpacken würde, weil er einen Vollzugsbeamten »während der Ausübung seiner Pflichten« tötete. So, als habe sie daher gar keinen Grund, sich zu wehren, zu beklagen, zu empören, sondern nur das zu tun, was nötig war, also den Kühen Heu zu geben, ihre Milch zu verkaufen und ihre fünf Kinder sauber zu halten, bloß alles eben ohne ihren Ehemann.

Mittlerweile waren es fast zehn Jahre, dass sie genau dies tat.

Paolo merkte, dass die Frau ihn ansah.

»Sind Sie Lehrer?«, fragte sie.

Er hob eine Augenbraue, und seine Stirn legte sich in

Falten wie ein nachlässig zum Trocknen aufgehängtes Betttuch.

»Sieht man mir das so genau an?«

»Dass Sie studiert haben? Ja, das schon.«

»Und woran erkennt man das?«

Luisa musterte ihn mit der Miene eines Malers, der das Gemälde betrachtet, an dem er gerade arbeitet. Paolo hätte sich nicht gewundert, wenn sie aufgestanden und einen Schritt zurückgetreten wäre, um seine Gesichtszüge noch genauer zu studieren. Doch sie saßen auf der Bank eines Jeeps der Strafvollzugspolizei, und hinter ihnen, jenseits der halb geöffneten Hecktür, lag nur die Insel, über die gerade der Maestrale peitschte. So blieb sie sitzen.

»Ich weiß es nicht. Aber man sieht es.«

»Ich war Lehrer für Geschichte und Philosophie an einem Gymnasium.«

»Philosophie … Das ist schwer!«

Er schob die Unterlippe vor.

»Ach, ich weiß nicht … Jedenfalls ist mir Philosophie lieber als Geschichte.«

»Warum?«

»Geschichte wird mit Waffen gemacht. Philosophie mit Ideen.«

»Und was machen Sie heute?«

»Ich arbeite nicht mehr. Ich bin zu Hause.«

»Dann sind Sie also pensioniert?«

»Nein.«

Wieder sah ihm die Frau mit ihren klaren Augen direkt ins Gesicht. *Ihr Blick*, dachte Paolo, *ist immer gleich, egal ob sie mich ansieht, die Pferde oder das Meer. Und jetzt wird sie mich fragen, warum ich nicht mehr arbeite.* Doch so war es nicht.

»Für einen Rentner kamen Sie mir auch zu jung vor. Was machen Sie denn so den ganzen Tag?«

Paolo blickte durch die Hecktür hinaus. Es hatte zu regnen begonnen, und vom Sturm getrieben prasselten die schweren Tropfen hernieder. Um das unaufhörliche Trommeln auf dem Wagendach zu übertönen, musste er fast schreien.

»Ich lese. Gehe spazieren. Meine Schwester hat mir einen Hund geschenkt, mit dem gehe ich spazieren. Und wenn ich eine Genehmigung bekomme, besuche ich meinen Sohn.«

»Und wo ist er jetzt?«

»Nun, das wissen Sie ja.«

»Was?«

Wieder starrte die Frau ihn unverwandt an. Doch das hatte weder etwas mit mangelnder Intelligenz noch mit einem möglichen Unbehagen angesichts ihres Gesprächs zu tun, dessen war sich Paolo sicher.

»Ich wollte sagen: Das Einzige, was Sie über mich wissen, ist ja, wo mein Sohn jetzt ist.«

»Nein, nein, nicht Ihr Sohn. Der Hund.«

»Ach so … Zu Hause.«

»Und wer füttert ihn heute?«

»Bevor ich losfahre, bringe ich ihn immer bei meiner Schwester vorbei. Zum Glück habe ich nur ein Tier zu versorgen, nicht siebenunddreißig.« Und er lächelte sie an.

Sie lächelte nicht zurück. »Ja, mit einem Tier ist es leichter.«

Genau das ist es, dachte Paolo, eine Art fehlende Antenne für ironische Bemerkungen, rhetorische Übertreibungen, Zwischentöne. Und für die kleinen Brüche eines Gesprächs, für Missverständnisse, wie das mit dem Hund.

»Da …!«, zischte Luisa plötzlich. Sie hatte so ruckartig aus der Hecktür ins Freie gezeigt, dass man hätte glauben können, sie wolle ihren Finger hinausschleudern.

Unmittelbar vor dem Jeep, nur wenige Meter von ihnen entfernt, stand ein Keiler. Das bereits winterliche, vom Regen triefnasse Fell klebte ihm an der Schwarte. Die zottigen, aufgerichteten Borsten verdickten seinen Hals derart, dass der Kopf direkt in den Rumpf überzugehen schien. Wie von Stalaktiten tropfte ihm von den Spitzen der oberen Eckzähne das Regenwasser. Seine Schnauze war zum Wagen gerichtet, und aus kleinen, aber überraschend sanften, fast an einen Hund erinnernden Augen blickte der Keiler sie an.

Paolo und Luisa hielten den Atem an. In der Luft verbreitete sich der stechende Geruch von nassem Fell, Schlamm und fauligem Atem. Wie das Porträt eines Ahnen vom Bilderrahmen wurde der Keiler von den Kanten der Türflügel eingefasst. Die Schnauze hochgereckt, offenbar angeregt durch den Menschengeruch, stand er endlos lange Augenblicke nur da und schnupperte in die Luft. Dann drehte er sich mit unerklärlicher Anmut auf seinen kurzen Beinen um, wandte ihnen das gekrümmte Hinterteil zu und trottete aus ihrem Blickfeld.

Schwer atmend, so als seien sie gerade von einem langen Tauchgang wieder an die Oberfläche gekommen, schauten Luisa und Paolo sich an. Lärmend hämmerte der immer stärker werdende Regen gegen die Karosserie. Einige Minuten verstrichen, und immer noch schwiegen beide. Doch es war nicht das verlegene Schweigen zwischen Fremden, die nicht mehr wissen, worüber sie miteinander reden sollen, sondern die entspannte, fast intime Stille zweier Menschen, die einen bewegenden Moment geteilt haben.

Eine Stille, die jedoch jäh unterbrochen wurde durch einen dumpfen Schlag gegen die Seitenwand. Luisa und Paolo schraken auf.

»Er ist wieder da …«, flüsterte Luisa.

Paolo legte einen Finger an die Lippen. Schon ließ der nächste heftige Schlag gegen das Blech sie hochfahren. Erschrocken hielt sich Luisa die flache Hand auf die Brust. Vielleicht hatte das Wildschwein es sich jetzt anders überlegt und griff an. Wieder ein Stoß und noch einer und wieder einer, die Schläge gingen jetzt wie Hagel auf den Wagen nieder.

Luisa sprang auf und flüchtete tiefer ins Wageninnere, während sich Paolo vorreckte, um eilig die Flügel der Hecktür zu schließen. Doch bevor es ihm gelungen war, erschien ein Kopf in der Tür, der schrie:

»Los, schnell! Kommen Sie!«

Vor ihnen im Regen stand der Fahrer des Transporters und sah aus wie ein menschlicher Zwillingsbruder des Wildschweins: von gleicher bulliger Statur, fast ohne Hals, mit Tropfen an der Nasenspitze, die wie von den Eckzähnen des Keilers hinabrannen. Sogar die klitschnasse Wolle seiner Uniform verströmte einen ähnlich herben Geruch. Luisa und Paolo blickten sich erleichtert an.

»Los! Was ist denn?«, sagte der Fahrer ungeduldig. »Wir fahren.«

Mit einem solchen Lärm prasselte der Regen gegen das Blechdach, dass sie die Ankunft des Transporters, der nun neben ihnen hielt, gar nicht gehört hatten. Vorne an der Fahrerseite des Jeeps stand der Vollzugsbeamte Nitti im Wolkenbruch und schlug fluchend und schreiend immer wieder gegen die Tür: Der verletzte Fahrer war fest eingeschlafen, und sie kamen nicht weg, wenn der nicht endlich mal aufwachte.

Im strömenden Regen rannten Paolo und Luisa hinüber und stiegen ein. Um sie herum auf dem Boden bildete sich sofort eine Pfütze. Nitti half dem verletzten Fahrer in den Wagen, sprang dann selbst hinein und schlug die Tür hinter sich zu. Er nahm seine durchtränkte Mütze vom Kopf, trocknete sich die Stirn und schlug noch ein letztes Mal gegen die Blechwand.

»Fahr!«, sagte er.

Der Wagen setzte sich in Bewegung, während der stark verbeulte Jeep zurückblieb. Von der Zentrale würde sich früher oder später jemand darum kümmern und einen Abschleppwagen schicken. Vermutlich jedenfalls.

Er war der Gefängnisdirektor, aber alle nannten ihn nur den *Dottore.* Weder groß noch dick, machte er das, was ihm an Körperumfang fehlte, durch sein spezifisches Gewicht mühelos wett: Er besaß eine Präsenz, die der sehr viel stattlicherer Menschen in nichts nachstand. Da ihm viel daran lag, auf Anhieb verstanden zu werden, hatte er auf seinem Schreibtisch als Briefbeschwerer eine Pistole liegen. *Geladen oder nicht?*, mussten sich alle fragen, die hier vor ihm saßen. Er allein kannte die Antwort, und es war offensichtlich, wie sehr ihm das behagte.

Den Vollzugsbeamten vor ihm sah er gar nicht an, sondern betrachtete aufmerksam seine Fingernägel. Die Stimme, mit der er sprach, war so grob wie der Sand auf einer Baustelle.

»Und was sollen wir jetzt mit denen anfangen? Wir sind doch kein Hotel.«

»Das sag ich den Gämsen auch immer …«

»Lass die Witzchen, Nitti. Du hast mir die Scheiße eingebrockt.«

»Aber wieso, Dottore, was kann ich dafür?«

»Eigentlich hättest du eine Strafe verdient.«

»Hab ich etwa den Maestrale bestellt?«

»Du hast dich von einem Kinderficker reinlegen lassen.

Wärt ihr nicht gegen die Felswand geknallt, hätten die beiden die Fähre bekommen. Aber was machen wir jetzt mit denen? Sollen wir sie hier herumspazieren lassen, damit sie sich in Ruhe alles ansehen können? Um dann bei einem kleinen Ausbruch zu helfen?«

»Aber nein. An so etwas denken die überhaupt nicht. Das sind ganz harmlose Leute.«

»Fantastisch, Nitti. Du kennst dich aus. Schaust den Leuten einmal ins Gesicht, und schon weißt du, mit wem du es zu tun hast. Ob es anständige Menschen sind oder Verbrecher. Eigentlich müsstest du der Richter sein.«

»Die beiden haben nie vor einem Richter gestanden. Das sind Angehörige, keine Häftlinge.«

Jetzt endlich hob der Direktor den Blick.

»Aha. Und für dich sind das natürlich zwei völlig verschiedene Dinge.«

Nitti dachte wieder daran, wie er vor einiger Zeit von seinem Direktor geträumt hatte. Die ganze Nacht lang hatte er ihn mit Fäusten und Tritten bearbeitet, hatte ihm mit den Stiefeln die Hände zerquetscht und ihm ins Gesicht uriniert. Als er aufwachte, war er in bester Stimmung gewesen.

Er antwortete nicht.

»Du bist mir für sie verantwortlich, bis sie an Bord sind«, sagte der Direktor, indem er seine Aufmerksamkeit wieder dem Nagel seines rechten kleinen Fingers zuwandte.

»Aber mein Dienst ist schon seit drei Stunden zu Ende! Bis morgen habe ich frei!«

»Umso besser. Dann hast du ja genug Zeit, dich um die beiden zu kümmern.«

Erneut setzte Nitti an, etwas zu erwidern, unterließ es dann aber.

Als er zehn Jahre zuvor auf die Insel gekommen war, hatte noch ein anderer Direktor die Anstalt geleitet; das war der, der ihn damals zu den Vergewaltigern gesteckt hatte, um ihm einen Gefallen zu tun. Der alte Direktor hatte seine Frau mit auf die Insel gebracht, und die langweilte sich hier. Sie nahm sich den Geländewagen ihres Gatten und fuhr die Insel rauf und runter, bis sie eine Gruppe von Häftlingen mit Freigang fand, die irgendwo auf dem Feld arbeiteten. Dann stieg sie aus und begann, Fragen zu stellen. *Wie geht es deiner Familie? Bekommst du hier genug zu essen? Was macht die Gesundheit?* Sie redete wie ein Priester und kleidete sich wie eine Hure: zwängte ihre Brüste in winzige Oberteile und trug Miniröcke, die nur wenig länger als ein Gürtel breit waren und die ihre Oberschenkel sehen ließen und alles andere auch. Wenn die Gefangenen sie sahen, gerieten sie völlig aus der Fassung: *Ja, ja, alles in Ordnung; danke, zu Hause geht's allen gut; danke, gut, ich muss zum Zahnarzt,* und dabei wandten sie den Blick nicht mehr von ihrem Ausschnitt ab. Nach solchen Besuchen waren die Häftlinge nervös, gerieten ständig in Streit, versuchten, ihn andern in den Arsch zu stecken, und abends schien der ganze Knast zu schwanken, weil sich alle gleichzeitig einen runterholten. Und zum ersten Mal hatte Nitti gedacht, dass eine Frau, die einem ihre ganze Ausstattung so vor den Latz knallte, auch lästig sein konnte.

Das war noch die Zeit, als er voller Sehnsucht zu den Scheinwerfern der Ölraffinerie auf dem Festland hinübergeblickt hatte. Einmal, als er auf Urlaub zu Hause war, hatte er auf dem Postamt seines Heimatdorfes ein Telegramm aufgegeben. Die Anschrift war ebenjene, die die Angehörigen der Häftlinge auf ihre Briefe schrieben, aber er hatte noch ZU HÄNDEN DES DIREKTORS hinzugefügt. Der Text lautete: VERFÜGE VERSETZUNG DES JV-BEAMTEN NITTI PIERFRANCESCO – ERSETZUNG DURCH BEAMTEN NAMENS ADRIANO CELENTANO. Der Angestellte auf der Post hatte mit Nitti die Grundschule besucht und wollte gerade dessen Namen als Absender eintragen, als der ihn zurückhielt:

»Nein, nein. Schreib: MINISTERIUM FÜR GNADE UND JUSTIZ.«

»Aber das sind fünf Wörter«, wandte der frühere Klassenkamerad ein. »Das kostet dich ein Vermögen.«

»Dann schreib's eben in einem Wort.«

Gleichzeitig trafen sie auf der Insel ein: das Telegramm vom Postamt und er aus dem Urlaub. Der Direktor musste lachen, vor allem, als er MINISTERIUMFÜRGNADEUNDJUSTIZ in einem Wort las. Die gewünschte Versetzung allerdings bewilligte er ihm nicht.

Wem sie dann bewilligt wurde, war der Direktor selbst. Er hatte von den Ausflügen seiner Frau erfahren und den Antrag gestellt, fortan wieder eine herkömmliche Anstalt leiten zu dürfen, ein Gefängnis, in dem die Häftlinge ordentlich eingeschlossen in ihren Zellen saßen und bei denen eine Frau nicht einfach mal so rein zufällig auf ein Schwätzchen vorbeischauen konnte.

Jetzt wandte Nitti dem Direktor den Blick zu. Dessen Frau wohnte nicht auf der Insel. Welchen Spitznamen sich die Frau seines Vorgängers schnell eingehandelt hatte, lag auf der Hand. Die aktuelle dagegen wurde »Zarin« genannt. Kam sie ihren Mann auf der Insel besuchen, reichte sie nur dem Pfarrer die Hand, dem Gefängnisarzt und dem Kapitän der Fähre, Vollzugsbeamten aber nie, geschweige denn einem Häftling. Dass sie es nicht unerträglich fand, von ihrem Mann getrennt zu leben, überraschte im Übrigen keinen. Einmal hatte es Randale im Sondergefängnis gegeben, die Wachen forderten Verstärkung an, und der Direktor machte sich auf den Weg, um mit den aufgebrachten Häftlingen zu verhandeln. Dabei ließen es die Kollegen zu, dass die *Gämsen* ihm erst einmal ordentlich eins mit dem Stuhl überzogen, bevor sie eingriffen.

Nein, niemand mochte den Dottore. Hätte Nitti sein Telegramm zu dessen Dienstzeit aufgegeben, hätte er sicher etwas anderes als munteres Gelächter geerntet: Ein Jahr Nachtschicht wäre ihm sicher gewesen. Eines jedoch musste man dem Mann zugutehalten: In einem Gefängnis unter seiner Leitung war noch nie jemand umgebracht worden. Weder ein Beamter noch ein Häftling. In dieser bleiernen, blutigen Zeit ein Erfolg, der nicht zu unterschätzen war.

»Bring sie im Glaspalast unter«, sagte der Direktor zu Nitti. »Ein Zimmer ist da fertig. Fahr sie mit einem Mannschaftswagen hin und lass den Transporter stehen. Und sag deiner Frau, sie soll ihnen was zu essen machen.«

Nitti starrte ihn aus Augen so schmal wie die eines Scharfschützen an.

»Ja, Dottore.«

Er wandte sich ab und machte Anstalten, den Raum zu verlassen. Seine Hand lag bereits auf der Türklinke, als der Direktor ihn noch einmal zurückrief.

»Ach, Nitti, wovon sind eigentlich die Flecken auf deiner Uniform?«

»Von dem Häftling. Der hat getobt wie ein Wahnsinniger. Ich musste ihn ein wenig beruhigen.«

Der Direktor schob die Unterlippe vor und schüttelte nachdenklich den Kopf.

»Wie viel Blut wir Menschen doch im Gesicht haben …«

Draußen auf dem Gang warteten Paolo und Luisa in der Art von Personen, die aus dem Umgang mit der Bürokratie ihre Lehren gezogen haben: im Stehen, ohne sich an die Wand zu lehnen, wachsam, um jede neue Entwicklung mitzubekommen, aber sich dennoch bewusst, hier der Gnade anderer ausgeliefert zu sein.

»Ich bring Sie zu einem Münztelefon«, sagte Nitti. »Dann können Sie zu Hause Bescheid geben, wenn Sie möchten.«

»Ja, bitte«, sagte Luisa.

»Danke, aber bei mir ist das nicht nötig«, sagte Paolo.

Nitti drehte sich zu ihm um und schaute ihm zum ersten Mal lange ins Gesicht.

Der Regen hatte aufgehört, doch der Sturm erreichte jetzt fast Orkanstärke. Die Wellen brandeten in den kleinen Hafen, wo am Morgen die Fähre angelegt hatte, und dazwischen gab es kein Zurückrollen, keine Atempause. Eine nach der anderen explodierte schäumend an der Mole und überschwemmte sie mit mächtigem Getöse.

Was die Brandung antrieb, schien weniger Wut als vielmehr Bosheit zu sein.

Die kleinen Segelboote, die noch einige Stunden zuvor an den Pollern längs des Kais festlagen, waren an Land gezogen worden auf die Betonrampe, die zum Meer hin abfiel. Wie hilflose, gestrandete Walfische lagen sie dort, während das Wasser sie umspülte und sich zu ihnen vorreckte, als wolle es sich zurückholen, was es als sein Eigentum betrachtete. Die jodgesättigte Luft roch nach Algen und Metall. Am düsteren Himmel zuckte immer wieder ein violetter Schein.

Auf der Straße, die den winzigen Ort mit seiner Handvoll heller Häuser durchzog, gab es keine Menschen mehr und am Himmel keine Vögel. Vielleicht auch keine Fische im Meer, dachte Paolo. Ihm schien es nicht unmöglich, dass alle lebenden Geschöpfe vor dem Sturm geflohen und nur sie drei zurückgeblieben waren: er, die Frau und dieser Vollzugsbeamte, der sie begleitete.

Er fragte sich, ob auch sein Sohn auf den Sturm lauschte. Welche Windstärke war nötig, um in eine Gefängniszelle einzudringen? Eine Brise? Eine Bö? Wenn die Luft mit vierzig Knoten über den Erdboden raste, wie viel davon schaffte es dann, die Gefängnismauern zu überwinden, die massiven Wände, das dicke Glas der Lichtschächte zu durchdringen? Und das Tosen des Meeres, dieser rhythmische Ton, wenn sich das Flüssige mit äußerster Gewalt am Festen brach: Gelang es zumindest diesem Geräusch, die klebrige Stille eines Hochsicherheitsgefängnisses aufzubrechen? Wann sonst, wenn nicht während eines Unwetters waren die Elemente imstande, ebenjene Menschen zu erreichen, deren Strafe darin bestand, aus der Natur herausgelöst worden zu sein? Menschen, die selbst beim Hofgang im Freien einen Maschendraht über den Köpfen hatten und deren Hof eher ein Hühnerkäfig war.

Paolo wusste es nicht. In den Besucherräumen der normalen Gefängnisse gab es Fenster, die häufig sogar recht breit, wenn auch vergittert waren. Mit diesen Gefängnisräumen kannte er sich mittlerweile gar zu gut aus. Mit Zellen nicht. In einer Zelle war er nie gewesen.

Und ebenso wenig war es vorgekommen, dass er sich nach einen Besuch bei seinem Sohn noch länger in der Nähe der Anstalt aufgehalten hätte. Nach diesen Begegnungen hatte er es immer eilig gehabt, die für gewöhnlich lange und umständliche Fahrt nach Hause anzutreten.

Jedes Mal passierte er fast im Laufschritt das Gefängnistor, das überall anders war, überall gleich, überall unvermeidlich, wenn es sich hinter ihm schloss. Nie warf er einen Blick zurück auf die Wachtürme, den Stacheldraht, die Umfassungsmauer.

Mit großen Schritten ließ er das meist irgendwo am Stadtrand gelegene Gebäude hinter sich, lief, neben Papiermüll und hohem Gras, an den Seitenstreifen verlassener Straßen entlang und drehte sich dabei nicht ein einziges Mal um, so als sei man hinter ihm her. Bis er endlich die Haltestelle der Überlandbusse erreichte oder den Bahnhof einer dieser kleinen Provinzstädte, die zu besuchen er nie einen Grund gehabt hätte, wäre sein Sohn nicht ein mehrfacher Mörder und hätte sich nicht irgendeine gegenwärtige oder frühere Justizbehörde ebendieses Städtchen ausgesucht, um dort, zum Nutzen der lokalen Wirtschaft, eine Strafanstalt einzurichten. Dann endlich bestieg er ein Verkehrsmittel, das ihn von dort wegbrachte, weg, nur weit, weit weg.

Weg von einem Ort, an den er jedoch immer zum jeweils frühesten Zeitpunkt, den ihm die Justizbehörde gewährte, zurückkehrte.

Heute war das alles anders. Paolo wurde bewusst, dass er sich zum ersten Mal seit vielen Jahren längere Zeit, vielleicht sogar Tage oder zumindest solange sich der Sturm nicht gelegt hatte, in der Nähe seines Sohnes aufhalten würde. Nur ein paar Kilometer trennten sie, ihre Füße berührten dasselbe aus dem Meer ragende Land. Dieses Unwetter brachte sie wieder so nahe zusammen wie seit der Zeit nicht mehr, als sein Sohn untergetaucht war. Vielleicht auch schon länger.

Paolos Gedanken wanderten zurück zu jenen Ferien, als er ihm in Framura das Schwimmen beigebracht hatte. Der Kleine hatte sich weiter als sonst ins sommerlich ruhige Meer vorgewagt und hielt sich, während er schwamm, immer wieder mit einer Geste vollsten Vertrauens an der Schulter des Vaters fest. Ab und an berührte auch ein Fuß oder Zeh oder Ellbogen Paolos nackte Haut im Wasser, doch die meiste Zeit war ihre einzige Verbindung diese kleine Hand, die gekrümmt neben seinem Hals lag. Und doch war es für Paolo, als seien ihre Körper jetzt noch enger verbunden, als wenn er ihn ganz in den Arm genommen hätte wie manchmal abends, damit er besser einschlafen konnte oder um ihn zu trösten, wenn er hingefallen war. Die sanft schwappenden goldenen Wellen trennten sie voneinander und führten sie gleichzeitig zusammen, zu einem Austausch, der etwas Absolutes hatte. Und außerdem – Paolo wusste es, ohne sich umdrehen zu müssen – stand Emilia am Strand, mit den nackten Füßen auf den Kieselsteinen, eine Hand vor der Stirn, um die Augen gegen die Nachmittagssonne abzuschirmen, und wandte keinen Moment den Blick von ihnen ab und war auf diese Weise in ihre Gemeinschaft eingeschlossen.

Jetzt, nach so vielen Jahren, spürte Paolo wieder auf geheimnisvolle Weise, wie ihn die Elemente mit seinem gefangenen Sohn verbanden. Beide waren sie umgeben vom Tosen der Brecher an den Klippen, beide atmeten sie die gleiche jodgetränkte Luft, beide – oder zumindest Paolo sowie die dicken Mauern, die seinen Sohn umgaben – wurden sie vom gleichen Sturm gepeitscht. Und mit der ihm vertrauten Mischung aus Bestürzung, Erleichterung und Schmerz wurde ihm wieder bewusst, wie unzerstörbar die Liebe war, die er für seinen Sohn empfand.

Die Frau hatte Paolo den Blick ihrer klaren Augen zugewandt, wahrscheinlich weil ihm einer dieser lauten Seufzer entfahren war. Der Mannschaftswagen hielt jetzt vor der hell getünchten Kirche auf dem Platz, im Grunde nur eine Straßenverbreiterung zwischen der Handvoll Häuser hinter der Mole. Die Ecken durch den Kalkputz abgerundet, besaßen sie alle nur ein Stockwerk und waren von dem undefinierbaren Alter jener Gebäude, die immer schon auf die gleiche Weise errichtet wurden.

Nitti versuchte, die Wagentür zu öffnen, aber es war, als halte eine unsichtbare Hand sie mit übermenschlicher Kraft von außen zu. Sie mussten auf der anderen, dem Wind abgewandten Seite aussteigen. Die Luft war zu etwas Festem geworden, gegen das man sich lehnen musste, um nicht umgerissen zu werden. Mühsam, tief gebückt, legten sie die wenigen Meter zu einer Tür zurück, die überreich mit kardinalroten Blättern geschmückt war – eine Bougainvillea-Pergola, die jetzt der Orkan zerzauste.

Hinter der Tür lag der einzige Laden des Ortes. Zucker, Nudeln, Kartoffeln, Konserven, Zwiebeln, Zigaretten, sauer Eingelegtes waren in dem kleinen Raum in Säcken, Körben, Schachteln oder auf überquellenden Regalbrettern gelagert. Hinter der Theke stand ein Mann. Schmal und von dunkler Gesichtsfarbe, wirkte sein Körper wie aus Draht gemacht.

»Hast du Telefonmünzen da, Traina?«, fragte Nitti, als er den Laden betrat.

Auch der Mann grüßte nicht. Er warf einen kurzen Blick auf Luisa und Paolo, wie jemand, der bei sich zu Hause ist und nur selten fremde Gesichter sieht: mit einer Mischung aus Neugier und Hausherrenstolz.

»Wer sind die beiden?«

»Besucher. Sie haben die Fähre verpasst.«

»Aha.«

Mit einem Ruck öffnete er die Schublade unter der Kasse und holte eine Handvoll Telefonmünzen hervor.

»Wie viele?«, fragte er, an Nitti gewandt. Die beiden Fremden, die ihm schweigend zusahen, beachtete er nicht mehr.

Der Vollzugsbeamte drehte sich zu Luisa um.

»Wie viele brauchen Sie?«

Sie trat einen kleinen Schritt vor, wie eine Schülerin, die abgefragt werden soll.

»Zwei oder drei ...«

»Sicher, dass die reichen?«

»Ja.«

»Gib ihr vier«, sagte Nitti an den Mann gewandt. »Man kann nie wissen.«

Der Mann zählte die Münzen, indem er sie sich in die geöffnete Handfläche fallen ließ.

»Eins, zwei, drei, vier, fünf. Es ist nicht gut, wenn die Verbindung abbricht, bevor man sich verabschiedet hat.«

Traina reichte die Münzen Nitti, der sie wiederum an Luisa weitergab. Alle schienen einverstanden, dass der Vollzugsbeamte bei der Transaktion den Vermittler spielte.

Der zeigte jetzt für Luisa auf einen winzigen Raum auf der gegenüberliegenden Seite mit einem Telefon an der Wand.

»Dort drüben.«

Luisa bewegte sich in die Richtung, die der Finger ihr gewiesen hatte, und schloss die Tür der Kabine hinter sich. Paolo, Nitti und Traina standen beieinander und schwiegen. Draußen pfiff der Wind. Von jenseits des Türchens hörte man deutlich, wie die Wählscheibe gedreht wurde, dann die plötzlich lebhafte Stimme von Luisa, die mit ihren Kindern redete.

Traina wandte Paolo den Blick zu.

»Und Sie? Wie viele Münzen bekommen Sie?«

Sofort schaltete Nitti sich ein.

»Warum fragst du? Hat er dich darum gebeten?«

»Aber du hast mir doch gesagt …«

»Ich hab dir gar nichts gesagt. Er will keine. Sie wollen doch keine, oder?«

Die Frage war an Paolo gerichtet, der, die Lider halb geschlossen, den Kopf schüttelte.

»Nein. Danke.«

»Sie wollen wirklich nicht zu Hause anrufen?«, fragte Traina ungläubig, indem er seine dichten Augenbrauen hob.

»Nein.«

»Aber dort wird man sich Sorgen machen …« Tadel und Befremden lagen in der Stimme des Mannes.

»Lass ihn in Frieden!« Nitti war lauter geworden. »Das weiß er selbst am besten.«

»Wie ihr meint«, brummte Traina und schob mit demonstrativer Gleichgültigkeit die Schublade mit den Münzen zurück.

Luisas Stimme war jetzt nicht mehr zu hören. Ein Geräusch fallender Münzen im Apparat, dann kam sie aus der Kabine und trat wieder zu ihnen.

Sie öffnete die Handfläche und zeigte sie Nitti. Zwei Telefonmünzen lagen darin.

»Ihr Kollege hat mir zu viele gegeben.«

Nitti und Traina blickten einander an, und die Gesichter beider verzogen sich jeweils zu einer verächtlichen Miene.

»Kollege?«, sagte Traina. Sein offener Mund enthüllte auf beiden Seiten Lücken anstelle der vorderen Backenzähne.

»Kollege?«, sagte auch Nitti mit einem Lachen in der Stimme. »Sie hält dich für einen Aufseher!«

»Das ist nicht gesagt«, erwiderte Traina voller Stolz. »Vielleicht hält sie dich auch für einen Lebenslänglichen!«

Verwundert wandte sich Luisa an Paolo.

»Ein Lebenslänglicher darf doch nicht fort ...«

Er schüttelte den Kopf, wie um ›nein, in der Tat‹ zu sagen, schwieg jedoch, weil auch er die Situation nicht durchschaute.

»Ach, keine Sorge, von dieser Insel kommt er ganz sicher nicht mehr fort!«, ging Nitti dafür auf Luisa ein. »Aber weil er sich so gut geführt hat, darf er jetzt zur Belohnung Telefonmünzen verkaufen. Ein Leben hier abzusitzen wird ihm allerdings nicht reichen. Lebenslänglich hat er dreimal.« Er wandte sich an Traina. »Oder waren es viermal?«

Verlegen schaute Luisa auf ihre Schuhspitzen. Aber Traina sprang ihr bei. Offenbar war er solche Szenen gewohnt, zumindest schien er sich nicht daran zu stören.

»Ich bin unschuldig«, erwiderte er, doch in einen Ton, als würde er »heute regnet's« sagen: »Und Feinde auf Erden habe ich nicht, dem Herrn sei Dank ...«

»Nicht mehr, meinst du wohl«, sagte Nitti.

»... und lebe in Frieden mit der Welt.«

»Ach ja, es muss schön sein, wenn man sie ganz abgehakt hat, die Liste der Leute, die man umbringen will. Na dann, mach's gut, Traina.«

»Für euch auch Frieden und Wohlergehen ...«, erwiderte dieser, indem er ihnen den Rücken zukehrte und sich daran machte, Dosen in ein Regal einzuräumen.

Auffordernd hob Nitti das Kinn in Richtung der Besucher.

»Kommen Sie.«

Als er zur Tür trat und sie öffnete, blies eine Windbö herein. Sie fegte ein paar Keksschachteln von der Theke, wirbelte das an einem Haken aufgehängte Packpapier durcheinander und versetzte die nackte Glühbirne an der Decke in Schwingung. Paolo und Luisa beeilten sich, dem Beamten zu folgen, und schlossen die Tür hinter sich. Erneut mussten sie kämpfen, um die Sturmwand zu durchschneiden und zum Wagen zu gelangen. Paolo und Luisa stiegen ein und setzten sich jetzt nebeneinander.

Es war kein weiter Weg. Sie durchquerten die Ansammlung hellbunter Häuser und erreichten das einzige dreistöckige Gebäude der Insel. Nur das Erdgeschoss war verputzt, bei den beiden oberen Stockwerken war der nackte Ziegelstein zu sehen.

Noch darüber, an den Ecken dessen, was das Dach hätte sein sollen, ragten Bündel aus verrostetem Metall zum Himmel auf. Vor dem Eingang wuchs ein Feigenbaum, und darunter stand ein Ziegenbock. Das Tier besaß nur ein Horn, und mit seinen langen Beinen hätte man es eher für einen Windhund halten können. Der Sturm, der ihm das lange helle Fell zerzauste, schien den Bock nicht zu interessieren. Reglos stand er da und schaute mit seinen waagerechten Pupillen zu dem Fahrzeug, das da auf ihn zukam. Als es angehalten hatte, trabte er ihm wie ein zahmes Haustier entgegen.

»Ciao, Martino!«, begrüßte Nitti das Tier, während er die Wagentür öffnete.

Sofort sprang der Bock an ihm hoch, legte ihm die Vorderhufe in den Schoß und schamlos stieß sein Becken gegen Nittis Beine. Paolo wurde vom Gestank des Tieres erfasst, der wie etwas Greifbares, fast wie ein Schweif sichtbar, im Wind umherwirbelte und in die Nasenflügel zog.

»Runter, Martino, runter«, sagte Nitti.

Trotz seiner Erregung gehorchte Martino wie ein wohlerzogener Hund. Er nahm die Beine aus Nittis Schoß und stellte sich brav neben das Fahrzeug.

»Heißt der wirklich Martino?«, fragte Luisa.

»Ja. Den Namen hat er von mir«, antwortete Nitti. »Der passt doch zu einem Ziegenbock …«

Er zog den Schlüssel ab, steckte ihn ein und deutete mit dem Kinn auf das Gebäude.

»Hier können Sie heute übernachten. Das ist der Glaspalast.«

Paolo hob den Blick zu den oberen Stockwerken. Anstelle von Fenstern klafften zwischen den Ziegelsteinen nur Lücken ohne Rahmen.

»Und wo sind die Glasscheiben?«

Nitti verzog das Gesicht.

»Die fehlen. Wie so vieles auf dieser Insel. Nur das Wort gibt es.«

Martino hatte mittlerweile sein Interesse an Nitti verloren und war auf Luisa zugetrabt, überfiel sie mit seinem Gestank und versuchte, an ihr hochzuspringen. Sie beeilte sich, rasch zu Paolo aufzuschließen und zu Nitti, der hinter ihr die Haustür schloss. Durchs Fenster sahen sie den Ziegenbock, der nun, nach einem kurzen Augenblick der Enttäuschung, beschloss, sich mit seinen stinkenden Annäherungsversuchen den Kotflügeln des Mannschaftswagens zuzuwenden.

Eine Gipsplatte versperrte den Zugang zu der Treppe, die zu den oberen Stockwerken hätte hinaufführen müssen. Begehbar war nur das Erdgeschoss, und davon auch lediglich der lange Flur, der sich an die Haustür anschloss, sowie eines der Zimmer, die davon abgingen. Bei den anderen waren die Türöffnungen über Kreuz mit

Brettern vernagelt, die Menschen den Einlass verwehrten, nicht aber dem Staub und einem eigenartig herben Geruch – dem Ziegenbock Martino schien es wohl schon mehr als einmal gelungen zu sein, in den Glaspalast einzudringen.

In dem einzigen fertiggestellten Raum standen in einer Ecke zusammengedrängt einige Möbel: drei Stühle, eine metallene Pritsche mit einer neuen, noch in ihrer Plastikhülle steckenden Matratze, ein Tisch, der mehr von einem Pult im Klassenraum einer Grundschule als von einem Büroschreibtisch hatte, sowie ein Friseurstuhl, der mit blassblauem, rissigem Leder bezogen war.

»Wir haben nur ein Bett geliefert bekommen«, sagte Nitti. »Tut mir leid.«

»Halb so wild«, antwortete Paolo, indem er auf den Friseurstuhl zeigt. »Ich kann dort schlafen.«

Am Ende des Ganges waren zwei Bäder. Im Gegensatz zum übrigen Haus fehlte hier nicht das kleinste Detail. Die Fliesen waren makellos rein, und Nitti demonstrierte den Gästen, dass die moderne Wasserspülung in beiden Kabinen funktionierte. Auch den Hahn über einem Waschbecken drehte er auf und sah zu, wie das rötlich erdige Wasser in wenigen Sekunden klar und sauber wurde.

»Es soll kein Trinkwasser sein. Dabei ist es sehr gut«, erklärte Nitti mit ungewolltem Stolz in der Stimme, der Paolo nicht entging. »Es kommt direkt aus der Quelle am Berg.«

Zurück im Korridor, bewegte sich Nitti auf den Ausgang zu.

»Ich fahre jetzt meiner Frau Bescheid sagen. Die wird sich schon Gedanken machen, weil ich noch nicht zu Hause bin.«

Einen Moment lang musterte er die beiden so streng wie ein Lehrer, der seine Klasse eine Weile sich selbst überlassen muss.

»Wenn der Direktor dahinterkommt, dass ich Sie alleine gelassen habe … Na ja, einschließen werde ich Sie nicht, aber die Tür dort bleibt zu, und Sie gehen nicht hinaus. Verstanden?«

Paolo und Luisa nickten feierlich, wie Schüler eben, die versprechen, brav zu sein. So standen sie da, mitten im Gang, während Nitti hinaustrat und die Haustür hinter sich schloss. Doch kurz darauf ging diese noch einmal auf, und der Wind nahm das Haus wieder in Besitz, hob Luisas Rock an, wirbelte den Staub in den leeren Zimmern auf, pfiff durch die Ritzen der Gipsplatten. Der Vollzugsbeamte Nitti steckte den Kopf zum Flur hinein.

»Ich verlasse mich auf Sie. Machen Sie mir keinen Ärger«, sagte er.

Schweigend blickte er sie lange an, als frage er sich, ob er ihnen trauen könne. Ebenso schweigend ließen die beiden diese Musterung über sich ergehen. Endlich zog er die Tür wieder hinter sich zu, und die Luft im Flur kam zur Ruhe. Luisa und Paolo hörten, wie sich der Mannschaftswagen entfernte.

Als nur noch das Heulen des Sturmes geblieben war, überkam beide die Regung, einander anzusehen. Doch sie unterließen es.

Beide schlugen die Augen nieder und schauten zu Boden.

# WORTE

Da haben wir es, dachte Maria Caterina, wieder mal Blut. Dieses Mal fand sie es auf der Jacke, andere Male waren es die Schuhe gewesen, sogar die Mütze. Einmal war er auch mit verzerrten Gesichtszügen und nach Urin stinkend nach Hause gekommen. Wieder ein anderes Mal mit Spuren von Erbrochenem auf dem Leder seiner Uniformstiefel, und sie hatte genau gewusst, dass es nicht von ihm stammte.

Aber er, kein Wort.

Die ersten Male hatte sie ihn noch gefragt: Was ist passiert, mein Gott, du hast dich verletzt … Doch Pierfrancesco hatte ihr einen Blick zugeworfen, der sie an Rocco erinnerte, den Hund ihrer Kindheit, einen Tag bevor er starb. Der alte Schäferhund war viele Jahre vor ihr zur Welt gekommen, und wenn Maria Caterina aus der Schule kam, war er immer an ihr hochgesprungen und hatte ihr das Gesicht geleckt. An jenem Tag war er nicht am Tor erschienen. Nach ihm rufend und pfeifend war sie den ganzen Gartenweg entlang zum Haus gelaufen, wo sie ihn schließlich sah. Er lag reglos vor der Tür, die Hinterbeine unter dem dicken Gesäß mit dem zerzausten Fell versteckt, die Schnauze mühsam ein wenig angehoben. Nur die Schwanzspitze wedelte schwach über den Boden – ein trauriges Lächeln auf Hundeart. So sah er sie an, mit einem Blick, der nicht um Hilfe bat, was vielleicht noch erträglicher gewesen wäre, sondern um Verzeihung.

Auf ebendiese Weise hatte auch, anstatt ihr zu antworten, Pierfrancesco sie angesehen.

Und am liebsten hätte sie, so wie damals bei Rocco, seinen Kopf zwischen die Hände genommen und an ihre Brust gelegt und zu ihm gesagt: ›Sei unbesorgt, es wird alles gut.‹ Doch das konnte sie jetzt nicht mehr, weil sie mittlerweile wusste, dass es nicht stimmte, dass nicht immer alles gut wurde. Auch Rocco war am Tag darauf von ihrem Großvater in den Lieferwagen geladen worden, und sie hatte ihren Hund nie wieder gesehen.

Anfangs, als sie auf die Insel gekommen waren, war Maria Caterina noch voller Vorfreude gewesen. Man hatte ihr die kleine Grundschule für den Nachwuchs des Gefängnispersonals anvertraut, ein Dutzend Kinder zwischen sechs und zwölf Jahren. Ihre Vorgängerin war zu alt gewesen und zu erschöpft, um noch für Disziplin in der Klasse zu sorgen, und als Maria Caterina bei dem niedrigen weißen Gebäude eintraf, saßen die Schüler auf dem jahrhundertealten Feigenbaum, der vor der Schule wuchs. Alle hockten sie dort, klammerten sich an den Ästen fest, die Jüngeren weiter unten, die Ältesten ganz oben in der Krone. Ihre Botschaft war klar: Sie hatten keine Angst, weder vor ihr noch vor sonst irgendjemandem.

Doch von diesem Empfang ließ sich Maria Caterina nicht beeindrucken. Sie, die Tochter einer Bauernfamilie, hatte sich die ganze Kindheit über die Beine beim Klettern und Schleichen auf Bäumen und durch Gräben aufgescheuert, und zwischen ihr und dem ältesten ihrer neuen Schüler lagen nicht einmal sieben Jahre Altersunterschied. Mit der linken Hand hielt sie sich am Stamm fest und schwang das rechte Bein in die Höhe, stemmte sich hinauf und hockte sich rittlings auf einen der unteren Äste. Sie war schlank und gut gebaut, aber nicht groß: Ihre Füße reichten nicht bis zum Erdboden.

*Gut, dass ich heute eine Hose angezogen habe*, kam es ihr in den Sinn.

»Guten Morgen, Kinder«, sagte sie. »Ich heiße Maria Caterina und bin eure neue Lehrerin.«

Ein Schüler neben ihr, der sehr klein war und sich alle Haare abrasiert hatte, nachdem er von Läusen befallen worden war, starrte sie mit aufgerissenem Mund an. Einmal mit der Lehrerin auf einem Baum zu sitzen, das hätte er sich auch nicht vorstellen können. Doch damit nicht genug. Die Lehrerin reckte jetzt einen Arm, griff mit ernster Miene nach einem Ast über ihrem Kopf und brachte ihn in Schwingung, als gelte es zu prüfen, wie haltbar er sei. Der kleine Junge, der darauf saß, begann zu schaukeln wie auf einer Wippe. Erschrocken schrie er auf und klammerte sich ängstlich am Stamm fest, um nicht hinunterzufallen.

Maria Caterina beobachtete es mit gleichgültiger, distanzierter Miene. Erst nach einer Weile nahm sie den Arm herunter und ließ den Ast ausschwingen.

»Ihr seid es wohl gewohnt, hier oben Unterricht zu haben. Gut, mir soll es recht sein. Also holt jetzt alle eure Hefte, dann richten wir uns auf diesem schönen Feigenbaum ein.«

Sie zeigte auf die kleinen Kugeln der Früchte, die sich schon entwickelt hatten. »Wir müssen bloß aufpassen, dass wir die nicht abbrechen, solange sie noch grün sind. Dann können wir im Sommer hier oben Feigen essen.«

Sie hob den Blick und schaute die Kinder an, eines nach dem anderen, aufmerksam und doch neutral.

»Aber erzählt mir später nicht, ihr hättet zu unbequem gesessen, um ordentlich zu schreiben. Von jedem von euch verlange ich stets eine schöne, ordentliche Handschrift.«

Da kletterten die Kinder vom Baum und kehrten in die Klasse zurück.

Maria Caterina wurde die angesehenste Lehrerin, die es je auf der Insel gegeben hatte. Sogar die Minister, die das Gefängnis und die Krankenstation besuchten, schauten bei ihr in der kleinen Schule vorbei. Und kein Kind versuchte je, ohne ihre Erlaubnis das Klassenzimmer zu verlassen.

Ja, sie war glücklich gewesen über ihre Entscheidung, hierherzuziehen und hier zu leben. Lehrerin, junge Ehefrau, nach einigen Jahren auch Mutter: Auf dieser Insel war all das aus ihr geworden, was sie sich als junges Mädchen immer erträumt hatte. Als sie am Tag nach der Hochzeit mit der Fähre eintraf, war sie neunzehn gewesen, Pierfrancesco sechs Jahre älter. Sie begehrten einander mit großer Leidenschaft und liebten sich fast jeden Abend. Danach schmiegte sie sich eng an ihn in dem verschwitzten Bett, den Kopf auf seiner Brust, und er erzählte ihr von den Männern in seinem Gefängnis und ihren Geschichten.

Er erzählte ihr von dem Häftling, der wegen illegalen Waffenhandels verurteilt war und von dem es hieß, er sei eine große Nummer in dem Geschäft und habe mit den Marsigliesi, wenn nicht sogar mit der Mafia zu tun. Da er außerdem ein hervorragender Mechaniker war, arbeitete er in der Werkstatt und hatte ihm, Pierfrancesco, schon viele nützliche Dinge über alle möglichen Motoren beigebracht.

Oder von dem Mann, der, wenn man ihn ansprach, gerade mal zwei Worte in seinem Heimatdialekt herausbekam. Niemand verstand ihn, und wenn er etwas unterschreiben musste, zog er Furchen ins Papier, als hantiere er nicht mit einem Stift, sondern mit einem Pflug. Doch dann war Pierfrancesco, wie er erzählte, während eines Besuchstermins zufällig Ohrenzeuge eines Gesprächs geworden, und da stellte sich heraus, dass der Gefangene mit seinem Anwalt makelloses Italienisch sprach und dass er vom Strafgesetzbuch mehr als er selbst verstand.

Pierfrancesco erzählte ihr von dem Gefangenen, der in einem Eifersuchtsanfall seine Frau erwürgt hatte und der sich jetzt im Gefängnis ständig für alle anderen einsetzte, ihnen mit guten Ratschlägen half und jeden aufbaute, der es gerade besonders schwer hatte. Aufseher und Gefangene stimmten darin überein, dass es eine Frau, die von solch einem guten Menschen ermordet wurde, bestimmt nicht besser verdient hatte.

Er erzählte ihr von der Unart der Neapolitaner, anderen Leuten auf die Nerven zu fallen, ihnen vorzujammern, wie schlecht es ihnen gehe und dass sie womöglich gleich an einem Herzinfarkt sterben würden (Pierfrancesco hatte ihr dieses Lamento vorgemacht, und sie hatte gelacht), und am Ende konnte man sicher sein, dass sie einen wieder reingelegt hatten.

Von den Sizilianern, die die anderen beherrschen wollten und für die alles eine Sache der Ehre war: Wehe, man war schuld, dass sie ihr Gesicht verloren, dann machten sie sich einen Knoten ins Taschentuch, und man musste sich ständig umsehen, was hinter einem geschah, man war nie mehr sicher, denn eines Tages zahlten sie einem die Kränkung heim, mit einer sensationellen, theatralischen Aktion.

Von den Kalabresen, die alle mit »Du« ansprachen: »Ich hab dir ja gesagt ...«, und wenn ein neuer Aufseher kam und auf so einen Kalabresen traf, verpasste er ihm eine Strafe, weil er glaubte, es sei mangelnder Respekt, weil er nicht verstand, dass die in Kalabrien immer so redeten, mit allen.

Von den Slawen, die noch schlimmer als alle anderen waren, wahnsinnig und grausam, wäre es nach denen gegangen, hätte es jeden Tag Randale gegeben, und wehe, man ließ sie glauben, und sei es auch nur für einen Moment, sie seien stärker als du. Nein, was die bräuchten, war Angst und eine harte Hand, etwas anderes respektierten die nicht.

Von den Afrikanern, auf deren gelegentliche Klagen über das Essen garantiert ganz schnell jemand sagte: »Dann geh doch zu Hause ins Gefängnis, wenn du meinst, dass der Fraß da besser ist.« Der Afrikaner erwiderte dann nichts, aber irgendwann, wenn keiner hinsah, spuckte er dem Betreffenden ins Essen – oder machte noch etwas Ekligeres.

Pierfrancesco erzählte auch von dem eiskalten Entführer mit dreimal lebenslänglich auf dem Buckel, der seiner Frau Liebesbriefe voller intimer Details schrieb und dabei ein so genaues Bild ihres Körpers zeichnete, wie es keine anatomische Abhandlung hätte tun können. Wenn Pierfrancesco bei der Briefkontrolle Dienst hatte und solch einen Brief las, wurde er immer verlegener, spürte aber zugleich, dass ihm das Blut in den unteren Körperregionen zusammenströmte, und dachte unwillkürlich daran, was er am Abend mit seiner eigenen Frau machen würde.

Er erzählte von den Häftlingen, die »ich bin unschuldig« sagten.

Also von allen.

Während ihr Mann erzählte, lag Maria Caterina mit einer Wange auf seiner Brust. Die schwarze Behaarung kitzelte ihr in der Nase, und die tiefe Stimme, die ihr aus seinem Brustkorb direkt ins Ohr drang, erfüllte sie mit einem großen Frieden. Er hatte den Arm um ihre nackten Schultern gelegt und barg eine ihrer Brüste in einer Hand wie einen Schatz.

Doch das war früher. Vor langer Zeit.

Seit Jahren schon erzählte ihr Pierfrancesco nichts mehr. Und wenn er mit diesen Spuren (aber wovon bloß?) an der Uniform nach Hause kam, war seine Stimmung so in Schieflage wie ein Schiff kurz vor dem Untergang; an diesen Tagen war es schon viel, wenn er überhaupt ein Wort mit ihr oder den Kindern sprach.

Einige Winter zuvor hatten drei Häftlinge, die einen Lattenzaun reparieren sollten, den Aufseher, der sie bewachte, mit einem Brett niedergeschlagen. Bevor sie flüchteten, fesselten sie ihn mit einem Draht an Händen und Füßen und ließen ihn in einem der flachen Strandseen hinter der Küstenlinie, den Kopf knapp über der Wasseroberfläche, zurück. Als ihn die Kollegen einige Stunden später fanden, schaffte er es kaum noch, die Nase aus dem Wasser zu stecken, und sein Körper war gefährlich unterkühlt. Lange Zeit war der Vollzugsbeamte krankgeschrieben. Als er endlich wieder zur Arbeit kam, blieb er nur noch kurze Zeit im Zellentrakt: Nach ein paar Tagen versetzte ihn die Gefängnisleitung ins Materiallager. Dort arbeitete er, völlig ohne Kontakt zu den Häftlingen, bis er irgendwann vorzeitig pensioniert wurde.

Was an den wenigen Tagen, die jener Aufseher noch einmal im Gefängnis Dienst getan hatte, vorgefallen war, wusste Maria Caterina nicht. Niemand erklärte es ihr. Weder Pierfrancesco noch seine Kollegen. Die anderen Vollzugsbeamten waren freundlich zu ihr, erkundigten sich, ob ihre Kinder brav Hausaufgaben machten, brachten ihr, wenn sie aufs Festland fuhren, Würste und eingelegtes Gemüse mit, doch aus den Gesprächen, die in ihrer Anwesenheit geführt wurden, blieb ihre Arbeit verbannt. Der Alltag im Gefängnis, die Stunden zwischen Mauern, Gittern und Schlössern, nichts davon existierte, wenn sie mit Maria Caterina sprachen. Was den Kontakt zu ihr betraf, hätten sie auch Astronauten, Perlenfischer oder Offiziere der Fremdenlegion sein können. Diese Kollegen konnte sie also nicht fragen, warum ihr Mann so verändert war, was man ihm angetan oder – bei dem Gedanken verspürte sie einen Stich in der Lunge – was er selbst getan hatte.

In Maria Caterinas Heimatdorf stand auf dem Platz vor der Kirche ein Brunnen. Wenn sie sich, das väterliche Verbot missachtend, als kleines Mädchen weit in seine Finsternis vorlehnte, hatte ein Schwindel aus Schrecken und Verlockung sie erfasst. Schon damals diente der Brunnen nur noch dazu, den Gemüsegarten hinter der Sakristei zu bewässern. Mit schweißnassen Achselhöhlen ließ die alte Haushälterin den Eimer hinunter und grummelte dabei, dass es immer weniger Wasser gebe, nur noch unten am Grund, und dass es immer schwieriger werde, den Eimer hinaufzuziehen. Und jedes Mal vernahm Maria Caterina fast enttäuscht den Schlag, dumpf und entfernt, wenn das Zink auf der schwarzen Wasseroberfläche aufschlug: Die Vorstellung eines bodenlosen Abgrunds gleich dort, nur wenige Schritte von ihrem Haus entfernt, missfiel ihr nicht.

Und nun kam es ihr seit Jahren so vor, als habe ihr Pierfrancesco sich in solch einen Brunnen hinabgelassen. Um ihn zu erreichen, musste sie mit dem Eimer immer tiefer hinunter, musste immer mehr Seil abwickeln, und sie fürchtete den Tag, da es sich als zu kurz erweisen und der Eimer nutzlos in der finsteren Leere baumeln würde. Sie fürchtete den Moment, in dem es ihr nicht mehr gelang, zu ihrem Mann vorzudringen.

Jetzt stand er nur wenige Meter von ihr entfernt im Rahmen der Tür, die er hinter sich geschlossen hatte. Wie gut er immer noch aussah. Maria Caterina kannte sein Gesicht besser als ihr eigenes, hatte es mit Sicherheit sehr viel länger angesehen: die gerade Nase, die langen Wimpern, die bogenförmigen Falten seitlich des fast weiblich wirkenden Mundes, die von den Windpocken zurückgebliebene Narbe, die eine Augenbraue durchzog. Als er eingetreten war, musste sie mit einer Hand ein auf dem Bügelbrett ausgebreitetes Hemd niederhalten, das der Wind hochgeblasen hatte. Sie bewohnten eines der kleinen, eingeschossigen Häuser des Ortes, die für die Familien des Gefängnispersonals vorgesehen waren, und dort lag die Küche direkt hinter der Haustür, zu der von der Straße zwei Steinstufen hinaufführten.

Sie hatte sofort das Blut gesehen, und Pierfrancesco war das nicht entgangen. Schweigend stand er da, als warte er auf eine Frage. Auf *die* Frage. Die aber ausblieb: Um nicht weiter diesen Blutfleck vor Augen zu haben, senkte Maria Caterina den Blick wieder auf das Hemd, das sie bügelte.

So war er es, der begann. Und er erzählte. Von dem Beinahezusammenstoß mit dem Transporter, von dem verletzten Häftling, von den beiden Besuchern, die jetzt wegen des Sturms auf der Insel festsaßen. So etwas sei noch nie vorgekommen, sagte er. Er habe sie im Gästehaus untergebracht. Irgendwann müsse man ihnen etwas zu essen bringen.

»Waren die auch bei dem Unfall dabei?«, fragte Maria Caterina, ohne den Blick zu heben, während ihre gerunzelte Stirn weiter der Bahn folgte, die das Bügeleisen auf einem Ärmel zog.

»Ja.«

Die dreieckige stählerne Spitze umrundete einen Knopf.

»Haben sie sich was getan?«

»Nein.«

Zeige- und Mittelfinger der linken Hand spreizten die Öffnung des Ärmels, um das Hineingleiten des Bügeleisens zu erleichtern.

»Und was sind das für Leute?«

»Angehörige von zwei Häftlingen im Sondergefängnis. Ein Mann und eine Frau.«

Maria Caterina hob das Bügeleisen vom Stoff, stellte es senkrecht in die Halterung und drehte sich zu ihrem Mann um. Aber nicht, um sich noch einmal den Fleck auf dem grauen Uniformstoff anzusehen.

»Eine Frau?«, fragte sie, indem sie ihm direkt ins Gesicht sah.

Paolo und Luisa saßen auf zweien der Stühle in dem einzigen Zimmer im Glaspalast, zwischen ihnen der Tisch.

»Haben Sie Hunger?«, fragte Luisa.

»Jetzt, da Sie es sagen … Ja, schon ein wenig.«

Sie griff zu der Tasche, die sie auf das an Volksschulen erinnernde Pult gestellt hatte, und entnahm ihr einen großen Brotlaib, Käse und ein kleines Messer. Mit geübten Gesten brach sie von dem Brot, schnitt Stücke vom Käse und reichte ihm davon.

»Greifen Sie zu.«

»Danke«, sagte Paolo. »Aber was ist mit Ihnen? Haben Sie keinen Hunger?«

»Doch, doch. Ich esse auch etwas. Aber Sie sehen ja, wie viel ich dabeihabe. Auf der Fahrt hatte ich keinen Hunger.«

Das Brot war dunkel, aus Roggen, ziemlich langwierig zu kauen. Das behagte ihm. Er schloss die Augen, während seine Kiefer arbeiteten, und merkte plötzlich, wie groß sein Appetit war. Das Letzte, was er zu sich genommen hatte, war ein dünner Kaffee im Morgengrauen nach der nächtlichen Überfahrt gewesen, noch an Bord der Autofähre vom Festland.

Seitdem hatte er weder etwas getrunken noch gegessen. Erst jetzt, den Mund voll Brot und Käse, spürte er den Hunger.

Nach Emilias Tod war es immer wieder vorgekommen, dass er zu essen und sogar zu trinken vergaß. Wenn sein Körper sich dann endlich so deutlich meldete, dass Paolo nicht länger diese Grundbedürfnisse ignorieren konnte, wurde ihm bewusst, wie viele Stunden er schon ohne Nahrung war. Aus dieser Erfahrung heraus hatte er sich für die Hauptmahlzeiten feste Abläufe verordnet: um ein Uhr dreißig Mittagessen, um acht Uhr Abendessen. Seine Schwester vergewisserte sich mit diskreten, aber vom Zeitpunkt her gezielten Anrufen, dass er sich ausreichend ernährte. Auf Reisen jedoch, genauer auf *diesen* Reisen – mittlerweile allerdings die einzigen, die er noch unternahm – gewann die Nachlässigkeit, oder besser das Desinteresse an den körperlichen Bedürfnissen die Oberhand.

Aber dieses Brot, dieser Käse ... Einfach herrlich!

Jetzt reichte ihm die Frau mit den klaren Augen eine mit Fell verkleidete Feldflasche. Paolo nahm sie entgegen, schraubte sie auf und trank. Man merkte, dass dieses Wasser, trotz der langen Zeit im dem Behälter, kein Stadtwasser war: Es schmeckte metallisch, aber auch nach Wiese. Paolo nahm noch einen Schluck. Erst jetzt spürte er, als habe das Essen auch diese Empfindung geweckt, wie trocken sein Mund war. Vielleicht hätten seine ausgetrockneten Schleimhäute auch Wasser aus einem Hahn in einem Industriegebiet mit der gleichen Gier aufgenommen, fest stand aber, dass jeder Schluck ein intensiver Genuss für ihn war.

Wieder einmal merkte er, dass er beim Schlucken die Augen geschlossen hielt. Als er sie wieder aufschlug, sah er, wie sie ihn beobachtete. Ihr Gesichtsausdruck war der einer Mutter, deren Kind etwas richtig macht: zufrieden, selbstgewiss, wartend.

»Wir haben uns noch gar nicht vorgestellt. Ich heiße Paolo.« Er nahm die Feldflasche in die linke und reichte ihr die rechte Hand.

Auch sie streckte die Hand aus und drückte steif die seine.

»Luisa.«

Dann wandte sie sich wieder Brot und Käse zu, brach und schnitt noch etwas ab, reichte es ihm. Paolo nahm es entgegen und wollte sich gerade bedanken, doch sie kam ihm zuvor.

»Ich wollte Ihnen noch Danke sagen.«

Paolo blickte sie fragend an.

»Wofür? Ich bin es doch, der Ihr Brot isst.«

»Ich meine wegen heute Morgen. Es war so staubig dort hinten, und Sie haben den Platz mit mir getauscht.«

»Ach so, deswegen … Nun, ich fand es einfach nicht richtig, dass Sie da so unbequem sitzen mussten.«

»Warum nicht?«, fragte Luisa ehrlich erstaunt. Sie verstand wirklich nicht den Grund für ihr Vorrecht, halbwegs bequem sitzen zu können.

Tiefe Rührung und Mitleid mit dieser Frau überkamen Paolo. Plötzlich wurde ihm klar, wie wenig Aufmerksamkeiten sie gewöhnt war, und in ihm regte sich der irrationale Wunsch, die passenden Worte zu finden, um sie von ihrem Recht zu überzeugen, sich von einem Fremden einen besseren Platz anbieten zu lassen und mit der Rücksicht behandelt zu werden, die einer Frau zustand. Auf wunderbare Weise passende Worte, die sie mit den langen Jahren versöhnen würden, in denen sie sich, unbeachtet und unbequem sitzend, den Staub ins Gesicht hatte pusten lassen müssen. Doch in einem Ton, der so entschlossen war, dass er fast brüsk klang, sagte er schließlich nur: »Weil Sie eine Dame sind.«

Luisas Augen weiteten sich und wirkten jetzt noch klarer. Doch ob der Grund dafür Tränen oder die Verblüffung über diese Bezeichnung waren, konnte Paolo nicht rechtzeitig erkennen. Denn schnell senkte sie wieder den Blick und begann, in ihrer Tasche herumzutasten. Erst nach längerem Stöbern holte sie hervor, wonach sie gesucht hatte: einen Apfel. Wortlos reichte sie ihn weiter.

Paolo nahm ihn entgegen – er war klein, etwas runzlig, gesprenkelt –, führte ihn zum Mund und biss hinein.

*Ist der süß! Unglaublich. So einen süßen Apfel habe ich noch nie gegessen.*

Sie hatten ihre Mahlzeit schon eine Weile beendet und waren beide zur Toilette gegangen. Nun saßen sie gerade wieder zusammen in dem Zimmer, als sich in das Heulen des Windes, der die Fensterscheiben vibrieren ließ und durch die Rahmen pfiff, und das Tosen der Wellen, die sich an der Mole brachen, ein Brummen mischte. Ein Motor. Er kam näher, das Brummen erlosch, und eine Tür wurde zugeschlagen.

»Nitti! Mach auf!«

Die tönende Stimme eines Mannes, der den Gehorsam seiner Untergebenen gewohnt war: der Direktor. Luisa blickte Paolo an und sagte leise, mit fragender Miene: »Ist er das?«

Paolo legte sich einen Finger an die Lippen.

»Ja.«

Sie warteten. Die Stimme wurde ungeduldiger.

»Nitti! Seid ihr da?«

Obwohl sie von draußen nicht zu sehen waren, auch wenn sich jemand die Nase an der Scheibe des Flurfensters platt gedrückt hätte, zogen sich Paolo und Luisa noch ein wenig tiefer in das Zimmer zurück, um nicht doch noch entdeckt zu werden. Sie lauschten auf die schweren Schritte, mit denen der Direktor vor dem Glaspalast auf und ab ging, hörten, wie er dann kurz stehen blieb, und schließlich, wie wieder eine Wagentür zugeschlagen und ein Motor angelassen wurde.

Erst nach einigen Augenblicken steckte Paolo den Kopf aus der Zimmertür und sah gerade noch durchs Flurfenster einen Geländewagen der Strafvollzugspolizei, der wendete und dann hinter den niedrigen hellen Häusern verschwand.

Als Nitti zurückkehrte, war er sich zunächst nicht sicher, sie richtig verstanden zu haben.

»Sie haben so getan, als wenn niemand da sei?«

»Ja, Sie haben uns doch gesagt, dass Sie Ärger bekommen, falls uns der Direktor hier alleine antrifft«, sagte Luisa.

Nitti schaute sie ungläubig an.

»Das heißt … Sie haben sich meinetwegen versteckt?«

Paolo zuckte mit den Achseln, nickte.

Schweigend starrte Nitti sie an wie eine Art Naturphänomen, mit dem man unmöglich hatte rechnen können: Angehörige von Häftlingen im Hochsicherheitstrakt, die einem Aufseher die Haut retteten. So reglos, stumm, entgeistert stand er da, dass sich auch das Heulen und Brausen einen Moment zu legen schien.

Paolo begann sich Sorgen zu machen.

»Hoffentlich haben wir Ihnen nicht gerade dadurch Ärger eingehandelt?«

Jetzt erst erwachte Nitti aus seiner Erstarrung. Mit einem angedeuteten Lachen stieß er Luft durch die Nasenflügel aus.

»Ärger? Sie wollen mich wohl auf den Arm nehmen. Nein, nein, aber wenn der Dottore dahintergekommen wäre, dass ich Sie hier allein gelassen habe, hätte er mir das Fell bei lebendigem Leibe über die Ohren gezogen …«

Der Vollzugsbeamte schaute ihnen in die Augen, erst ihm, dann ihr.

»Ich weiß wirklich nicht, was ich sagen soll. Danke.«

Paolo machte eine wegwerfende Handbewegung: *Ach was, das war weniger Mühe, als eine Fliege zu vertreiben.*

»Was wollen Sie ihm denn sagen, wenn er wissen will, wo wir waren?«, fragte Luisa.

»Eine gute Frage. Aber ich soll Sie ja im Auge behalten und nicht einschließen. Wir waren eben unterwegs.«

»Bei dem Sturm?«

Den Blick weiter auf Luisa gerichtet, ließ Nitti sich die Sache durch den Kopf gehen. Plötzlich erhellten sich seine Züge, und er strahlte wie jemand, dem gerade eine Idee gekommen ist, die vielleicht ein wenig verboten und ein wenig verrückt, aber auch ziemlich gut ist.

»Meine Frau wollte heute Abend Fisch für Sie machen. Und bei so einem Maestrale kommt man an Seebarsche ganz leicht heran …«

Die Wellen umspülten die Felsen, verströmten sich in einem Gewirr von Strudeln, das nicht mehr zu durchschauen war, und wenn sie sich dann zurückzogen, um aus einer anderen Richtung erneut anzurollen, stießen sie klatschend, wie Hände beim Applaus, gegen neue Brecher, und das Meer überzog sich mit weißem Schaum.

»Es sieht aus wie Milch«, sagte Luisa. »Oder wie Sahne, nein, wie Schaum auf einem Bier.«

Seit sie ausgestiegen waren, hatte Luisa nur noch Augen für das Brodeln des Meeres, für die Wellen, die sich gegen die Klippen warfen, um dann an ihnen herabzufluten. Die Kaskaden, die sie dabei bildeten, erinnerten sie an die Wasserfälle, die während der Schneeschmelze bei ihr zu Hause durch Schluchten zu Tal stürzten.

Paolo dagegen kam die aufgewühlte See eher wie eine Landschaft voll brodelnder Vulkane vor, in der es von Fabelwesen, Tieren, seltsamen Gestalten wimmelte. Jede noch so kleinste Kräuselung, die sich bildete, schien ihm für den Bruchteil einer Sekunde etwas oder mehr noch jemand zu sein. Doch all diese Wesen zerfielen auf der Stelle und verschwanden, um neuen unbeständigen Schöpfungen Platz zu machen. Alles um ihn herum war nur noch tobendes Wasser. Der Maestrale hatte auch die Luft zum Meer werden lassen, hatte sie mit Salz getränkt, ihr Geschmack und Festigkeit verliehen. Sie einzuatmen war jetzt so, als würde man sich Algen ins Gesicht streichen.

Von der Straße waren sie zu einer winzigen Bucht mit weißem Sand hinabgestiegen, die von einem fast geschlossenen Ring aus Granitklippen geschützt wurde. Theatralisch spritzte die Gischt auf, wenn sich draußen die Wellen an dieser natürlichen Barriere brachen, doch drinnen war das Wasser fast ruhig. Den ganzen Sommer über hatte die Sonne es in dieser Delle der Küstenlinie wie in einem smaragdgrünen Kessel aufgeheizt, und so war es auch jetzt noch nicht kalt. Ruhig wie ein Bär in seiner Höhle atmete hier das Meer.

Der Sturm war nicht mehr ganz so stark wie einige Stunden zuvor, obwohl die hohen grauen Wolken immer noch unruhig und flattrig über den Himmel trieben. Hier und dort aber begann die Wolkendecke aufzureißen, und durch die Lücken fiel das Licht steil herab wie durch das Oberlicht auf einem Speicher. Dort, wo es auftraf, und nur dort, schimmerte das haifischfarbene Meer in türkisblauen Tönen.

Schon unterwegs, während er den Wagen über die abschüssige Küstenstraße steuerte, hatte Nitti ihnen erklärt: »Durch die Brandung wird das küstennahe Wasser mit Sauerstoff angereichert. Das lockt kleinere Fische an, Sardinen, Sardellen, Marmorfische ... Der Seebarsch nutzt das Gewimmel, um hier auf Jagd zu gehen, und zack, schnappen wir ihn uns.«

Nun watete er mit einer Harpune in der Hand im niedrigen Wasser der Bucht umher. Die Uniformjacke hatte er abgelegt und die Hosenbeine bis über die Knie aufgekrempelt. Der Blick, mit dem er ins klare Wasser starrte, war eher der eines Goldschmieds als der eines Fischers, ein Blick, wie er für Filigranarbeit verlangt wird. Tatsächlich wuselten ganze Schwärme kleiner silberner Fische um seine Knöchel herum, wie Bienen, die von einer besonderen Blüte angelockt werden.

Nicht nur Nitti wusste, dass der Maestrale für Überfluss sorgte. Auf einem der Felsen, die die Brandung aus der Bucht fernhielten, hockte eine Kolonie Kormorane und schaute aufmerksam in die Fluten, die Flügel eng an die kartoffelförmigen Körper gelegt, die Hälse gereckt wie Schüler, die kein Wort einer Unterrichtsstunde verpassen wollen.

Einige Seemöwen ließen sich vom Wind treiben, tauchten ins Wasser ein und stiegen kurz darauf, wie Halbstarke schreiend, wieder zum Himmel auf. Ohne auch nur einmal mit den Flügeln zu schlagen, schwebte ein Sturmtaucher tief über dem Wasser, als hinge er an einem unsichtbaren Faden.

Paolo war auf einen Felsen geklettert und sammelte Seeigel. Als er all diese vereinzelten schwarzen Punkte auf dem zerklüfteten Stein entdeckt hatte, bat er Nitti um ein Messer. Der Vollzugsbeamte zog die von der Narbe geteilte Augenbraue hoch, griff dann in die Harpunentasche, die er noch von zu Hause geholt hatte, und brachte ein Messer mit rechteckiger Spitze und einer gezackten Klinge zum Vorschein.

»Auch davon kein Wort zum Direktor.«

»Nein, nein«, antwortete Paolo ein wenig schuldbewusst, »auch davon erfährt er nichts.«

Beim ersten Igel blieb in der Handfläche ein Stachel von der Farbe alten Mostes zurück.

*Ich bin wohl aus der Übung.*

Wann hatte er das letzte Mal Seeigel von einem Felsen gelöst? In Framura, vor tausend Jahren.

Bis zum Bauch im Wasser stehend, hatte er sie Emilia angeboten, die etwas erhöht, mit einer halben Zitrone in der einen und einem Teelöffel in der anderen Hand, die Fußsohlen leicht im Wasser, auf einem Felsvorsprung saß. Aufgeschnitten reichte er sie ihr, das fleischige Innere immer noch pulsierend, fast obszön im Kontrast zu den streng geraden, elegant angeordneten und jetzt sinnlos wehrhaften Stacheln. Ohne eine Spur von Verlegenheit oder Ekel pulte Emilia mit dem Löffelchen in dieser weichen, glibberigen Masse, holte das Fleisch hervor, träufelte ein paar Tropfen Zitrone darüber und steckte es sich, mit den Lippen schnalzend, in den Mund.

Nun war es Luisa, die die Igel mit dem Löffel auspulte. Auch ihr reichte Paolo sie wie reife Früchte geöffnet. Sie hatte es übernommen, das Fleisch in eine weiße Plastikbüchse zu geben, und sie tat dies mit sicheren, geübten Handbewegungen. Man hätte nicht geglaubt, dass sie noch nie zuvor einen Seeigel ausgenommen, ja, noch nicht einmal einen gesehen hatte.

Luisa erinnerten die Tiere an die Schnecken in einem lange zurückliegenden Sommer ihrer Kindheit.

Es war das letzte Kriegsjahr, und sie war fünf Jahre alt. Nach einem sehr harten Winter bekamen nun auch die Bauern den Hunger zu spüren. Mit einem ihrer Brüder, der als einziger noch jung genug war, um sich während der Razzien nicht im Keller verstecken zu müssen, ging Luisa in den Wald, der sich ans Bauernhaus der Eltern anschloss. Eichhörnchen, Hasen, Wachteln, alles wäre recht gewesen. Aber überhaupt Wild aufzutreiben, war schon schwierig. Schließlich gab es genug Konkurrenz, denn in jenem Winter war ein ganzer Kontinent damit beschäftigt, irgendwie dem Hunger beizukommen. Und noch schwerer war es, diese Tiere zu erlegen: Die meisten liefen oder flogen zu flink, um sie nur mit einer Schleuder zu treffen, und häufig kehrten sie mit leeren Händen von der Jagd zurück.

Der große Regen hatte eingesetzt, tagelang ergoss sich eiskaltes Wasser übers Land, und es sah so aus, als wollte es nie mehr aufhören. Der Gemüsegarten, den bereits die Stiefel der Schwarzhemden zertrampelt hatten, war nur noch eine formlose schlammige Fläche. Die niedrige

Steinmauer aber, die ihn einfasste, war mit Schnecken übersät. Blass, glatt und schleimig waren sie, vor allem aber fett. Und es waren viele, sehr, sehr viele. Geschöpfe des Überflusses in einer Zeit des Mangels.

Luisa entdeckte sie von der Küche aus, rannte mit nackten Füßen, während sich der Schlamm durch ihre Zehen presste, in den Regen hinaus zu dem Mäuerchen und begann, Schnecken vom Stein zu lösen und sie in die geraffte Schürze fallen zu lassen. Nicht lange, und auch ihr Bruder kam herbeigelaufen, hielt mit einer Hand einen Zipfel seines Hemdes auf und machte sich wortlos daran, ebenfalls Schnecken von der Mauer abzutrennen. Später, wieder in der Küche, zogen sie die glänzenden, schleimigen Tiere aus ihren spiralförmigen Häusern und legten sie alle nackt auf einen Teller.

Ihre Mutter, die ihnen verwundert, aber auch erleichtert zugesehen hatte, gab sie mit etwas Knoblauch in eine Pfanne, und Luisa beobachtete, wie sich die Schnecken einige Sekunden lang aufgeschreckt rührten, um dann in sonderbar gewundenen Formen zu erschlaffen. Sie schmeckten nach Erde, Regen und Spucke.

An diese Schnecken, die in einem so lange zurückliegenden Sommer als kleines Mädchen ihren Hunger gestillt hatten, dachte Luisa jetzt, während sie die Seeigel säuberte, die Paolo ihr reichte.

»Wie viele werden wir wohl haben?«, fragte er.

Luisa schaute in das Gefäß mit dem orangefarbenen Brei darin. Wie viele Igel mochten das sein?

Sie wusste es nicht, hatte sie nicht gezählt.

In diesem Moment erreichte eine besonders lange Welle Nittis Jacke, die er in den Sand aus hellem Quarz gelegt hatte. Das Meer blähte den grauen Stoff, füllte die Ärmel aus, den zweireihigen Torso, auch den Hals. Nitti fluchte, und Paolo hob den Blick. Da sah er im Meer einen Gefängnisaufseher, der den toten Mann gab und sich von der starken Strömung treiben ließ. Erst nach einigen Sekunden ging ihm auf, dass es sich nur um eine Jacke und keinen Menschen handelte. Das ablaufende Wasser zog sie zum Ausgang der Bucht und ins offene Meer hinaus.

Hüpfend und spritzend setzte Nitti ihr im flachen Wasser nach. Sie begann bereits zu sinken, da gelang es ihm, einen Arm weit ausgestreckt, sie mit der Harpunenspitze aufzuspießen und zu sich heranzuziehen. Dann hob er die Waffe und hielt die Jacke senkrecht in die Höhe.

*Eine Vogelscheuche in Wärteruniform mitten im Meer.*

Wie schade, dachte Paolo, dass nicht auch sein Sohn dieses lustige und bizarre Bild sehen konnte.

*Schließer. Wachtel.* Viele Namen hatten die Häftlinge für ihre Wärter. Der brutalste: *Arbeiter im Lager für Menschenfleisch.* Der abgedroschenste: *Büttel des Systems.*

»Diese Büttel des Systems entmenschlichen uns«, hatte Paolos Sohn während eines Besuchs einmal zu ihm gesagt.

»Wenn du sie so nennst, entmenschlichst du sie auch.«

Sein Sohn hatte darauf etwas in jenem Ton doktrinärer Gewissheit erwidert, bei dem Paolo große Lust bekam, ihn einfach seinem Schicksal zu überlassen. »Nein, du kannst das nicht verstehen.«

Und Paolo war wieder jene Geste des Polizisten im Gerichtsgebäude eingefallen.

Es waren die Wochen, nachdem man die Leiche des hohen Politikers aufgefunden hatte, bei dessen Entführung Monate zuvor seine ganze Eskorte niedergemetzelt worden war. Es war Mai, aber das ganze Land schien in großer Kälte erstarrt. In den Gefängnissen fürchtete man Repressalien, wenn nicht sogar Lynchjustiz an den politischen Gefangenen.

In den Fluren des Gerichtsgebäudes, wo die Verhandlung stattfand, passierten die angeklagten mutmaßlichen Terroristen eine Gasse ihnen zugewandter Rücken: Die für die Absperrung zuständigen Polizisten waren angewiesen worden, mit dem Gesicht zur Wand zu schauen – aus Vorsicht, damit kein Uniformierter auf die Idee käme, selbst für Gerechtigkeit zu sorgen. Paolo und den anderen Angehörigen der Angeklagten wurden Plätze in einem gesonderten Bereich des Gerichtssaals zugewiesen, getrennt von den Angehörigen der Opfer und den übrigen Besuchern. Zu ihrer eigenen Sicherheit, hieß es. Ein Polizist hatte sie zu den Sitzreihen geführt, und ohne sich umzuschauen, setzten Paolo und die anderen sich eilig. Nun nahm der Beamte Aufstellung, aber so, dass er dem Gericht sowie seinen Kollegen und dem Großteil des Publikums im Saal den Rücken zuwandte. Nur Paolo hatte er unmittelbar vor sich. Da streckte der Mann die Hand aus und hielt ihm zwei Finger an die Schläfe. Einen imaginären Abzug betätigend, zischte er mit gezügeltem Hass:

»Klick.«

Es ging blitzschnell. Sofort zog er die Hand zurück und drehte ihm den Rücken zu, während seine Miene wieder so undurchdringlich wirkte wie die ganze Zeit zuvor. Niemand außer Paolo hatte es gesehen oder gehört.

Seinem Sohn hatte er nie davon erzählt – natürlich nicht.

Ein Schrei riss ihn aus seinen Gedanken.

Er sah zu Nitti, dem das Wasser jetzt weit über die aufgerollte Hose fast bis zur Taille reichte. Seine Jacke hatte er in Sicherheit gebracht, und erneut reckte er die Harpune wie eine Fahne in die Höhe. Doch nun hatte er einen fetten Seebarsch aufgespießt, der sich vor dem Hintergrund des düsteren Himmels zappelnd hin und her warf. Genau in diesem Moment sank die Sonne auf ihrem schon weit fortgeschrittenen Weg zum Horizont tiefer als die Wolkendecke. Deren unterer Rand leuchtete auf, als sei er in Goldfarbe getaucht worden. Ein Sonnenstrahl traf auch den Seebarsch und Nitti Pierfrancescos Gesicht.

Noch einmal stieß der Vollzugsbeamte einen wilden Siegesschrei aus, wie der Jäger eines heidnischen Stammes.

Auf dem Rückweg ins Dorf stießen sie auf eine Schar Rebhühner. Sie hatten einen Ring aus Federn um den Hals, ausladende Hinterteile und einen geschäftigen Gang. Nitti hupte, doch die Vögel ließen sich nicht stören und trippelten weiter eifrig über die Fahrbahn.

»Diese dummen Hühner! Dabei können sie hervorragend fliegen. Aber nein …«

Wieder drückte er auf die Hupe, gab Gas und fuhr fast in die Schar hinein, doch es war nichts zu machen, die Tiere dachten gar nicht daran, endlich aufzufliegen. Nitti hatte schon den Mund geöffnet, um laut zu fluchen, als die Rebhühner endlich die Flügel ausbreiteten und zu einem Wolfsmilchstrauch neben der Straße flatterten.

In diesem Moment kam ihnen aus der Gegenrichtung ein Auto entgegen, eine jener Rostlauben, die nur auf dieser Insel noch im Verkehr geduldet wurden. An dieser Stelle war die Schotterstraße breit genug für zwei Fahrzeuge. Der Fahrer der Schrottkiste hielt neben ihnen an und kurbelte das Seitenfenster hinunter, sodass ihm der

Wind den durchs Bremsen aufgewirbelten Staub in den Innenraum fegte.

Auch Nitti drehte das Seitenfenster hinunter und begann, mit dem Fahrer zu reden. Oder genauer, es war der andere, ein Mann mit rundem Gesicht, das die Sonne wie einen Hefeteig gebräunt hatte, der ein Gespräch anfing. Ein Schwall von Fragen ergoss sich über Nitti.

»Wer sind die beiden?«

»Wo kommt ihr her?«

»Wo wollt ihr hin?«

Doch anstatt eine Antwort abzuwarten, schwatzte er immer weiter, fragte, kommentierte, wiederholte die wenigen zusammenhängenden Worte, die Nitti zwischen diesen Ergüssen einschieben konnte. Mittlerweile erzählte der Mann von der Zahnbrasse, die er am Vortag gefangen hatte, von dem Laden, in dem er gerade kurze Nudeln kaufen wollte und keine gefunden hatte, sodass er sich mit Spaghetti zufriedengeben musste, von seinem Zahnfleisch, das ihm Schmerzen bereitete, und dem Zahnarzt, der schon seit einem Monat auf der Insel angekündigt war, aber den Besuch immer wieder verschob. Vom Maestrale, der bereits wieder abflaute – wer hätte am Morgen schon gedacht, dass er nicht einmal einen ganzen Tag anhalten würde, er jedenfalls habe geglaubt, als er ihn am Mittag losbrechen sah, dass der Sturm die Insel mindestens eine halbe Woche lang umtoben würde. Von dem Sohn des Kapitäns, der aus Amerika erwartet wurde, von seinem eigenen ältesten Sohn, der auf dem Festland Soldat war, und von vielem mehr berichtete er.

Die Rebhühner schienen unterdessen ihre Eile vergessen zu haben: Aufgereiht unter dem Wolfsmilchstrauch, beobachteten sie die beiden Köpfe, die aus den nebeneinanderstehenden Fahrzeugen herausragten, so aufmerksam, als verfolgten sie das Gespräch.

Nitti brauchte eine Weile, bis es ihm gelungen war, diesen Redefluss zu stoppen und sich zu verabschieden. Endlich schloss er das Fenster und ließ den Motor wieder an. Die beiden Wagen setzten sich in Bewegung, ganz langsam, um die Kotflügel heil zu lassen.

»Wer war das?«, fragte Paolo nach einigen Metern.

»Der Leuchtturmwärter. Ein ausgezeichneter Fischer. Seebarsche, Zahnbrassen, Meeräschen, Zackenbarsche, der kennt sich aus. Ich habe alles von ihm gelernt«, antwortete Nitti.

Er wandte den Kopf, um seine Mitfahrer anzuschauen, und Luisa versteifte sich: Ihr wäre es lieber gewesen, er hätte die Straße im Blick behalten.

»So ist diese Insel«, fuhr Nitti fort. »Tagelang kannst du nur schweigen. Dann schickt sie dir jemanden vorbei, der dir zuhört, und dann muss man dich schon niederschießen, damit du endlich den Mund hältst.«

Kein Zweifel, es war eine sonderbare Tischgesellschaft. Nitti und seine Frau hatten noch nie Familienangehörige von Häftlingen zum Essen eingeladen. Und ebenso wenig waren Paolo oder Luisa schon einmal Gäste im Haus eines Strafvollzugsbeamten gewesen. Doch als sie dann alle – die Gäste, Pierfrancesco, Maria Caterina und die beiden Kinder – an dem Tisch in dem niedrigen Haus Platz genommen hatten, fühlten sie sich sehr viel weniger unbehaglich, als sie geglaubt hätten, wäre ihnen diese Situation am Vortag prophezeit worden.

Und das Essen schmeckte. Die gut gesalzene Pasta mit Seeigelsoße glitt leicht über die Zunge. Bei jedem Bissen hatte Luisa das Gefühl, sich ein Knäuel Meer in den

Mund zu stecken. Allerdings hatte sie Schwierigkeiten, die Spaghetti auf die Gabel zu rollen. Bei ihr zu Hause kamen sie nur selten auf den Tisch. Da gab es Polenta, Kartoffeln oder eben auch Ravioli, wie sie am Morgen im Gefängnis in den Müll gewandert waren.

Der Morgen. Wie wenig Zeit doch seitdem vergangen war. Gerade mal einen halben Tag war es her, dass sie vor der Glasscheibe gesessen hatte, die sie von ihrem Ehemann trennte. Sie schrak fast ein wenig zusammen, als ihr bewusst wurde, wie nahe sie noch dem Gefängnis war, in dem er eingesperrt saß.

Entschlossen saugte sie sich jetzt eine Nudel in den Mund, die sich partout nicht um die Gabel drehen lassen wollte.

»Vielleicht kommen Sie hiermit besser zurecht …«

Maria Caterina reichte ihr einen Löffel. Luisa nahm ihn dankbar entgegen und hob damit die Spaghetti an, was ihr den ganzen Vorgang merklich erleichterte.

Anders Paolo, der solch lange Nudeln gewohnt war und sie ohne nachzudenken auf die Gabel rollte. Irgendwann fielen ihm die drei Buchstaben auf, die in das Besteck eingraviert waren: IPP.

»ISTITUTO PREVENZIONE PENA, Strafvorbeugungsanstalt«, erklärte Nitti, der Paolos Blick bemerkt hatte. »Die sind aus der Gefängniskantine.«

»Vorbeugung?«, wunderte sich Paolo. »Das Wort ist aber auch – wie soll ich sagen? – etwas veraltet.«

»Ja, ich weiß … Auf dieser Insel dauert eben alles länger. Nehmen Sie nur den Glaspalast. Seit Jahren wird schon daran gebaut, und Sie haben noch Glück, dass überhaupt eine Matratze geliefert wurde. Bestellt waren allerdings zwei.«

Die Schüssel mit der Seeigelpasta war leer. Maria Caterina holte die Seebarsche aus dem Ofen und schickte die Kinder zum Zähneputzen. An Fisch mit Gräten hatten sie ohnehin kein Interesse, und außerdem sollten sie ins Bett, weil anderntags Schule war. Nitti stand auf, um sie auf ihr Zimmer zu bringen und ihnen noch einen Gutenachtkuss zu geben. Paolo und Luisa blieben am Tisch zurück und sahen zu, wie Maria Caterina gekonnt die Fische zerlegte und sie von Gräten und Köpfen befreite.

»Ich habe erst hier gelernt, wie man Fisch zubereitet«, sagte sie. »Bei uns zu Hause haben wir nie Fisch gegessen. Wir sind ja Landratten, das Meer ist uns fremd.«

Sie erzählte, dass ihre Eltern es zunächst nicht gut fanden, als sie ihnen ankündigte, auf diese nur von Wärtern und Verbrechern bewohnte Insel zu ziehen. Doch Pierfrancesco habe ihnen erklärt, dass keine Gefahr für sie bestehe, und damit seien sie zufrieden gewesen. Ihre Eltern hatten ihren Schwiegersohn ins Herz geschlossen und vertrauten ihm. Tatsächlich habe sie niemals Grund gehabt, sich auf der Insel zu fürchten. Es komme sogar vor, obwohl das verboten sei, dass ihr Freigänger Gemüse aus dem Garten oder Trauben aus dem Weinberg vorbeibrächten. Auch zu den Kindern seien sie immer nett.

Nur einmal habe sie tatsächlich Angst verspürt, und zwar als ein hoher Mafiaboss ausgebrochen sei. Der hatte mit bloßen Händen einen Aufseher erwürgt und war in die Berge geflüchtet. Mit Unterstützung seiner Geliebten, die ihn mit einem Schlauchboot abholte, entkam er dann von der Insel. Für den Ausbruch hatten sie sich mit Vorbedacht einen stürmischen Tag ausgesucht. Der Maestrale habe genauso heftig wie heute geweht, erzählte sie, sodass die Schnellboote im Hafen bleiben mussten. Auch die angeforderten Hubschrauber waren ausgeblieben, weil sie bei einem solchen Sturm nicht hätten landen können. Das sei alles gut ausgeheckt gewesen, auch wenn es fast an Selbstmord grenzte, sich bei diesem Seegang mit einem Schlauchboot bis vor die Klippen zu wagen. Aber die Frau hatte es geschafft und den Mann von der Insel fortgebracht. So etwas hätte sich niemand vorstellen können. Alle waren sich sicher gewesen, dass bei einem so heftigen Sturm eine Flucht völlig unmöglich war. Doch der Flüchtling sei schon eine Woche auf dem Festland gewesen, als er immer noch auf der Insel gesucht wurde.

»Ja, in der Woche hatte ich tatsächlich Angst«, schloss Maria Caterina. »Ich habe die Kinder nicht aus dem Haus gelassen, und auch in der Schule durften die Schüler nicht draußen spielen. Aber sonst, nein, gab es nie Grund zur Sorge.«

»Sehen Sie?«, warf Pierfrancesco ein. »Sogar meine Frau ist wie der Leuchtturmwärter geworden.«

Er war aus dem Zimmer, in dem er die Kinder schlafen gelegt hatte, zurück und hatte bereits eine Weile schweigend zugehört.

»Durch das Leben hier auf der Insel ist auch sie hungrig auf Worte geworden.«

»Und Sie?«, fragte Paolo. »Sie nicht?«

»Nein, ich nicht. Ich fühle mich hier wohl«, sagte Nitti. »Diesen Hunger habe ich nicht.«

Maria Caterina machte ein Gesicht, das Paolo an die Miene seines Sohnes zu Ende der Besuchszeit erinnerte: das Gesicht dessen, der im Gefängnis zurückbleibt, allein hinter Glas. Dabei war sie eine Frau mit einer netten Familie und einem Mann, der sie ganz offensichtlich liebte. Er war verwundert und konnte es sich nicht erklären.

Luisa hingegen hörte gar nicht zu, sondern war mit der Frage beschäftigt, ob auch sie selbst ihren flüchtigen Ehemann mit einem Schlauchboot abgeholt hätte. Für die Antwort brauchte sie nicht lange.

*Nein. Selbst ohne Sturm nicht.*

»Kommen Sie mal«, sagte Maria Caterina nach dem Essen zu ihr. »Ich will Ihnen noch Decken mitgeben für die Nacht.«

Luisa folgte ihr ins Elternschlafzimmer. Sie hatte es kaum betreten, da schaute Maria Caterina noch einmal verstohlen zurück und schloss dann die Tür hinter ihnen. Indem sie noch näher an Luisa herantrat, sagte sie leise:

»Ich möchte Sie gerne etwas fragen, aber ich weiß nicht, wie ich anfangen soll.«

Von der Situation überrascht, hatte Luisa die Augen weit aufgerissen. Maria Caterinas Gesicht war dem ihren ganz nahe. Diese biss sich auf die Lippen, senkte den Blick, gab sich endlich einen Ruck und begann.

»Mein Mann hat mir erzählt, dass es einen Unfall gegeben hat und dass Sie deswegen die Fähre nicht mehr erreicht haben.«

Das enge Zimmer wurde fast vollständig von dem Ehebett und einer Kommode eingenommen. Die Tür war auf der anderen Seite, und Luisa beschlich das Gefühl, in der Falle zu sitzen.

»Ja, das stimmt«, antwortete sie.

»Und dass Ihr Wagen beinahe frontal mit dem Jeep zusammengeprallt ist, den er für eine Überführung benutzt hat.«

»Eine Überführung?«

»Ja, den Transport eines Häftlings. Und dass dieser Häftling dabei verletzt wurde und dass ihm dessen Blut auf die Jacke gelaufen ist.«

»Ja, das stimmt, er hat aus der Nase geblutet.«

»Dann haben Sie den Mann also gesehen?«

»Ja. Aber nicht deutlich. Er lag ausgestreckt auf dem Boden. Doch es stimmt, gesehen habe ich ihn. Entschuldigen Sie, warum fragen Sie …«

Maria Caterina unterbrach sie, Erregung hatte sie gepackt, und hintereinander, wie Ameisen in einer Ameisenstraße, strömten ihr die Worte aus dem Mund.

»Mein Mann sagt, dieser Häftling habe sich das Gesicht aufgeschlagen, und deswegen sei ihm Blut aus der Nase gelaufen.«

»Wenn er das so gesagt hat, wird es auch stimmen. Aber ich habe immer noch nicht ganz verstanden, was Sie eigentlich von mir wissen wollen.«

Maria Caterina schwieg. Die Lippen halb geöffnet, die Stirn in Falten gelegt, stand sie da. Erst nach einer Weile sagte sie:

»Ich frage Sie das, weil Sie eine Frau sind. Männer erzählen ja nichts von solchen Dingen.«

»Von welchen Dingen?«

Es war eher Angst als Unbehagen, was Luisa überkam. Undeutlich spürte sie, dass das, was diese Frau von ihr wissen wollte, auch mit ihr persönlich zu tun hatte, mit ihrem Leben, zweifellos ebenso mit dem Gefängnis und folglich ihrem Ehemann. Und diese Vorstellung gefiel ihr nicht.

Maria Caterina setzte noch einmal an und sprach jetzt sehr schnell mit der Miene eines Menschen, der sich überwinden musste, erklärende Worte abzugeben.

»Ich möchte von Ihnen wissen, ob dieser Mann wirklich bei dem Unfall verletzt wurde oder ob mein Mann ihn geschlagen hat.«

Sie hob eine Hand vors Gesicht und rieb sich die Augen, als sei sie plötzlich furchtbar müde.

So stand sie da, Nasenflügel, Mund, eine Wange, das halbe Gesicht von der Hand verborgen. Hinter dem schwachen Schutz ihrer Finger blickte sie Luisa fest in die Augen.

»So. Jetzt ist es raus. Und ich bitte Sie …« Ihre Stimme hatte jetzt tatsächlich etwas Flehendes. »Sagen Sie mir, was da genau vorgefallen ist.«

Doch Luisa schüttelte den Kopf.

»Ich weiß es nicht.«

Maria Caterina stieß einen tiefen Seufzer aus, ohne die Hand vom Gesicht zu nehmen.

Sie hielt den Blick weiter auf Luisa gerichtet, der diese wie eine Harpune durchdrang.

»Sie wissen es nicht?«

»Nein.«

»Sie haben es nicht gesehen?«

»Nein. Wie ich bereits sagte: Ich habe die beiden erst gesehen, als wir aus dem Wagen gestiegen sind.«

»Wann sind Sie ausgestiegen?«

»Danach erst, nach dem Unfall. Tut mir leid. Ich kann Ihnen nicht helfen.«

Erst jetzt nahm Maria Caterina die Hand vom Gesicht und ließ den Blick sinken wie eine stumpf gewordene Waffe.

Luisa sah, wie sie den Rücken beugte und, wenn auch nur ein wenig, den Kopf hängen ließ. Das Gefühl, bedroht zu werden, war verschwunden. Jetzt spürte sie nur noch, dass sie dieser Frau wirklich gerne geholfen hätte. Aber wie?

»Aber wissen Sie …«, begann sie nach einigen Augenblicken.

»Was denn?«

»Ach, nichts … Es ist nur …« Sie zuckte mit den Achseln. »Also, mir scheint Ihr Mann wirklich kein schlechter Mensch zu sein.«

Maria Caterina öffnete ein wenig die Lippen. Es war ein Lächeln, doch ohne jedes Strahlen.

»Nein. Eben. Das ist er auch nicht.«

Es war bereits stockdunkel, als sie in den Glaspalast zurückkehrten. Die Tagundnachtgleiche war noch nicht lange vorüber, doch die Tage wurden schnell immer kürzer. Über dem Meer sah man einen helleren Schein. Paolo fragte sich, ob hinter den Wolken gerade der Mond aufging. Die Lichter der Raffinerie jenseits der Meerenge wirkten wie das Signal eines fernen Planeten. Plötzlich tauchten vor den Scheinwerfern des Mannschaftswagens zwei kleine stechende Lichter auf.

»Was war das?«, fragte Paolo. »Ein Wildschwein?«

»Nein, nein«, antwortete Nitti. »Wildschweine haben trübe Augen, wie Esel. Das muss eine Katze gewesen sein.«

Er schaltete den Suchscheinwerfer auf dem Wagendach ein.

»Und wenn die sich hier rumtreibt, hat das sicher einen Grund …«

Er griff durchs Seitenfenster hinauf und drehte den Scheinwerfer, leuchtete zunächst die Straße, dann die Umgebung links und rechts davon ab. Als der Strahl den Strandsee neben ihnen traf, stieß er ein zufriedenes Zischen aus.

»Da! Hinter dem ist sie her …«

Mit einem Bein im Wasser, das andere angehoben, zeichneten sich vor dem düsteren, stehenden Gewässer deutlich die Umrisse eines Reihers ab. Eine gestreifte Katze, deren Augen so gelb wie Schwefel waren, saß geduckt am Ufer und beobachtete sie mit unerschütterlicher Miene.

Nitti drehte den Scheinwerfer zur anderen Seite der Fahrbahn, zum Meer hin und Luisa stieß einen kurzen, entzückten Schrei aus.

Die Meeresoberfläche war von Scharen silberner Wesen aufgewühlt. Sie sprangen aus dem Wasser, glitzerten einen Augenblick lang im Kegel des Suchscheinwerfers und tauchten dann wieder, einen perfekten Bogen beschreibend, in die dunklen Wellen ein. Es waren viele, unglaublich viele.

»Meeräschen«, sagte Nitti.

Als Paolo seinen Sohn zum ersten Mal auf der Insel besuchte, hatte dieser ihm ein Geständnis gemacht. Das Schlimmste am Gefängnis, der härteste Verzicht, das, was am schwersten zu ertragen war, sagte er, sei nicht die Nähe der fremden, elenden Körper. Auch nicht die Schikanen der Wärter. Oder die Gewalt, die Machtkämpfe und Verschwörungen unter den Häftlingen. Genauso wenig das fade Essen. Oder das Fehlen einer Frau. Das Verkümmern aller Gefühle.

»Es ist die Nacht«, hatte sein Sohn zu ihm gesagt, »es ist vor allem die Nacht, die mir fehlt.«

Nach einiger Zeit auf der Insel, so erzählte er seinem Vater, habe er einen Aufseher gefragt, wie es denn aussehe, das Meer bei Nacht.

»Schwarz«, habe der geantwortet.

Paolo beobachtete, wie dieses Meer von unzähligen glitzernden Sicheln brodelte, und wünschte sich aus ganzem Herzen, die passenden Worte zu finden, um es seinem Sohn zu beschreiben.

»Die lassen wir aber in Ruhe«, sagte Nitti, indem er den Zündschlüssel umdrehte und den Motor wieder anließ. »Für heute haben wir genug Fisch gegessen.«

Wie spät mochte es sein? Paolo hatte seine Armbanduhr in eine Tasche seiner Jacke gesteckt, die über der Lehne des Friseurstuhls hing, auf dem er es sich mehr schlecht als recht bequem gemacht hatte. Es war im Krankenhaus gewesen, an den Tagen vor Emilias Tod, dass er zum letzten Mal die Nacht im Sitzen zugebracht hatte.

Luisa schlief auf der Pritsche. Sie hatte die Plastikhülle von der Matratze gezogen und darüber die Decken und Bezüge ausgebreitet, die ihr Maria Caterina ausgeliehen hatte. Nitti saß auf einem der drei Stühle, und die beiden anderen nutzte er, um darauf seine Beine auszustrecken. Er schnarchte leise.

*Wahrscheinlich ist er noch jünger, als er ohnehin schon aussieht.*

Paolo stand auf, um durch das Fenster im Flur hinauszuschauen – die einzige Glasscheibe, mit der der pompöse Name des Gebäudes zu rechtfertigen gewesen wäre. Er musste an Nittis Worte denken, als er sie zum ersten Mal hierhergebracht hatte.

›Hier gibt es vieles nicht. Nur das Wort gibt es.‹

Eine Formulierung, die Paolo auch sehr treffend für das Leben seines Sohnes und dessen Genossen schien. Ein Leben, das aus Dingen bestand, die es nicht gab. Nur das Wort gab es.

An erster Stelle stand da unangefochten: *Revolution.* Die an sich nichts Schlechtes sein musste, dachte Paolo, weder als Ereignis noch als Begriff. Ganz im Gegenteil. Schlimm war es, wenn es eben nur das Wort gab, die Sache, das Ereignis aber nicht. 1789 in Frankreich gab es das Wort und das Ereignis. Und im Europa des Jahres 1848 verbreitete sich das Wort, vor allem aber die Sache. Ebenso im Russland des Jahres 1917 oder auf Kuba 1959, immer gab es beides. Im Italien des Jahres 1979 aber nicht, so unermüdlich, fast besessen das Wort *Revolution* auch skandiert, auf

Flugblättern gedruckt und an Wände geschmiert werden mochte. Die Sache, die es bezeichnete, war nirgends zu erkennen. Die Menschen hatten sich nicht mit Heugabeln bewaffnet, die Wähler nicht das Wählen eingestellt, die Bürger nicht das Parlament angezündet.

Dabei hatten im Jahr zuvor, als mit dieser brutalen, generalstabsmäßig geplanten Aktion der hohe Politiker entführt und seine gesamte Eskorte getötet wurde, viele gedacht, nun würde im Land die Revolution ausbrechen. Aber so war es nicht. Was da geschah, wurde anders genannt: *Gewalt.* Und das Land beweinte deren Opfer.

So erklärte sich Paolo die Abläufe. Im Grunde war es ganz einfach: Wenn Begriff und Tat zusammenfielen, wurde Geschichte gemacht. Aber wenn das Wort alleine stand, war es Wahnsinn. Oder Selbstbetrug. Mystifizierung.

Und wie hässlich waren diese Worte, von denen es in Flugblättern, in den Aussagen vor Gericht, in den Gesprächen mit seinem Sohn nur so wimmelte. Paolo hatte gelernt, dass *akkumulieren* das »Zusammentragen von Informationen über das nächste Attentatsopfer« bedeutete. *Segregieren*: die Abschottung von anderen Bandenmitgliedern im Untergrund. *Eigenfinanzierung*: Banküberfall. *Proletariat*: die Bandenmitglieder und ihre Sympathisanten, gänzlich unabhängig von deren wirklicher sozialer Schicht. *Ideologische Superfötation*: Hier musste Paolo das Handtuch werfen – was damit gemeint war, hatte er nie herausfinden können.

Und dann diese Phrasen: *von der Gewalt der Gedanken zum Gedanken der Gewalt; den Kampf auf die nächste Ebene heben*; einfache Aussagen wie ›ich möchte mit dir reden‹ verkamen zu ideologischem Schwulst: ›*ich habe dir etwas zu sozialisieren*‹. Selbst ein Wort wie *Krieg*, das an sich schon so furchtbar war, dass es sich kaum steigern ließ, nahm im Mund seines Sohnes etwas Lächerliches und gleichzeitig Erbarmungsloses an: »Wir befinden uns im Krieg, Papa, und jeder muss für sich entscheiden, auf welcher Seite er steht.«

Ach, wie arm, hässlich, selbstbetrügerisch war doch diese Sprache. Der Höhepunkt dieser Pervertierung wurde in einer Verhandlungssitzung erreicht, als die Angeklagten auf die Nachricht von einem weiteren Mord, den ihre sich auf freiem Fuß befindlichen Genossen verübt hatten, mit einem Satz von Lenin reagierten und zu skandieren begannen:

»In der Klassengesellschaft ist der Tod des Klassenfeinds der höchste Akt der Menschlichkeit.«

Als sein Sohn einmal mit ihm über eines seiner Opfer sprach, sagte er:

»Wenn er brav gewesen wäre, hätte ich ihm nur ins Bein geschossen. Aber der hat einen hysterischen Anfall bekommen, und deshalb musste ich ihn erschießen.«

»Wenn er brav gewesen wäre!? Wenn er brav gewesen wäre!?«, hatte Paolo ihn angeschrien.

Die anderen Gespräche in dem Besucherraum waren verstummt, und alle – Wärter, Häftlinge und Besucher – hatten sich zu ihm umgedreht und ihn angestarrt. Aber Paolo war so außer sich vor Wut, dass er es gar nicht merkte. Dies war der einzige Besuch, den er vorzeitig abbrach. Er stand auf und entfernte sich mit langen, hastigen Schritten, voller Zorn, der sich, kaum hatte er das Gefängnis verlassen, in kalte Trauer verwandelte. Danach fühlte er sich noch wochenlang wie im Eis gefangen.

Ein anderes Mal erfuhr er, dass ein Zellengenosse seines Sohnes gestorben war. Er erinnerte sich gut an diesen abgehärmten jungen Mann mit dem pickligen Gesicht.

Während der Verhandlungen hatte er die ganze Zeit zu Boden gestarrt und war nur aus seiner Lähmung erwacht, um sich den anderen anzuschließen, wenn Parolen skandiert wurden. Einmal hatten ein Genosse und eine Genossin im Käfig der Angeklagten, direkt vor aller Augen, mit sexuellen Handlungen begonnen. Im Nu kam es zu chaotischen Szenen: Die Angehörigen der Opfer schrien ihre Empörung hinaus, die Angeklagten konterten mit höhnischen Rufen, die Richter flehten, die Würde des Gerichts zu respektieren. Dieser junge Mann aus der Gruppe war der Einzige, der sich nicht rührte. Bewegungslos, schweigend, das Kinn auf die Brust gesunken, die Augen aufgerissen, hatte er nur weiter vor sich hin gestiert.

Paolo fragte, woran er gestorben sei. Das Gesicht seines Sohnes war so trüb wie sumpfiges Wasser geworden.

»Er war ein Verräter«, antwortete er. »Er hat die Gruppe verraten. Wenn einer aussteigen will, kann er das tun, aber er muss es offen sagen. Das hat er nicht getan. Zwei andere Genossen und ich waren gezwungen zu intervenieren.«

*Intervenieren.*

Noch so ein krankes Wort.

Und Paolo hatte gespürt, dass er froh war, ja, froh, dass Emilia damals bereits seit Monaten tot war.

Jetzt bemühte er sich, die Worte zu verscheuchen, die ihm den Schlaf raubten. Wenn dies geschah, und das war nicht selten, versuchte er, an andere Worte zu denken, die lebendiger, farbiger, nicht so abgedroschen waren, etwa *erblassen*, *Walfisch*, *Klarinette*. Emilia hatte früher, als junges Mädchen, das Wort *benebelt* gemocht, dann später, in mittleren Jahren, war *Mäusedorn* – ein immergrüner

Strauch – ihr Lieblingswort geworden. Auch *Meeräsche* ist schön, dachte Paolo, ein überraschendes Wort, dahinter steckt nicht unbedingt das, was man erwartet, aber wenn man es sich auf der Zunge zergehen lässt, ist es wie ein Lockruf. Und *Maestrale*, das war wirklich ein guter Name für einen Sturm, sehr viel passender als etwa *Libeccio* oder *Scirocco*. Charismatisch, überlegen, streng. Unbestechlich.

Er dachte zurück an die vielen Dinge, die er heute gesehen hatte und deren Bezeichnung er nicht kannte. Die komischen Vögel mit den kartoffelförmigen Körpern, die mit konzentriertem Blick das Wasser abgesucht hatten, während Nitti fischte. Die vielen verschiedenen Sträucher, die die Schotterstraße säumten. Die Felsen mit ihren je eigenen Farben und Formen. Ihm hatten die Bezeichnungen nicht gefehlt. Überhaupt nicht. Auch diese Insel, dachte Paolo, wäre sehr gut ohne ihren Namen ausgekommen. Die Insel war da, und nur darauf kam es an.

Ja, das war es. Die *Revolution*, von der sein Sohn sprach, war ein klangvolles Wort für eine erbärmliche Sache; bei dieser Insel verhielt es sich genau umgekehrt.

Auch Luisa schlief nicht. Mit geschlossenen Augen ruhte sie auf der von der Plastikhülle befreiten Matratze, doch in ihrem Kopf rasten die Gedanken. Sie dachte an ihre ausgeweideten Räuchersalami, an die Schnecken, die sie als kleines Mädchen gesammelt hatte. Daran, wie nach dem Unfall alle gelacht hatten, außer ihr, und wie dumm sie sich dabei vorgekommen war. An das Wildschwein im strömenden Regen.

An ihre Tochter, die am Telefon »Hier ist alles in Ordnung, mach dir keine Sorgen« zu ihr sagte, und wie sie dabei eine fast schmerzhafte Regung der Dankbarkeit verspürt hatte. An die angestrahlten Meeräschen, die über der Wasseroberfläche tanzten. An Maria Caterinas Gesicht.

Sie drehte sich ein wenig zur Seite und öffnete die Augen. Auf drei Stühlen ausgestreckt, den Kopf auf dem von zu Hause mitgebrachten Kissen, lag Nitti ruhig da und schnarchte leise.

Luisa dachte an die Aufseher in Volterra, die fast ihren Mann gelyncht hätten, nachdem dieser einen ihrer Kollegen getötet hatte. Nur das Eintreffen des Gefängnisdirektors habe ihn gerettet, wurde ihr mitgeteilt, und dass man ihn nun in eine Hochsicherheitsstrafanstalt verlegen würde. Auf diese Insel also.

Paolo hatte seinen Friseurstuhl verlassen. Er stand jetzt vor dem Fenster, den Kopf im Nacken, den Blick hoch zum Mond gerichtet, der plötzlich hinter den Wolken hervorgekommen war. Es war fast Vollmond.

Luisa hörte, wie er einen dieser Seufzer von sich gab, die einem Stöhnen so ähnlich waren und bei denen es ihr vor Mitleid das Herz zusammenzog.

Ob er überhaupt merkte, wenn er sie ausstieß? Wahrscheinlich nicht. Jetzt sah sie, wie er die Hand in eine Hosentasche steckte, seine Brieftasche hervorholte und darin nach etwas suchte.

Durch das halb fertiggestellte Gebäude zog der Wind. Überall raschelte es, vor allem vom oberen Stockwerk her, von dem sie nur eine Gipsplatte trennte, hörte man noch ein stürmisches Brausen. Es schien durch den Treppenschacht verstärkt zu werden, denn an der Krone des Feigenbaumes war deutlich zu erkennen, dass der Sturm stark abgeflaut war. Paolo hatte etwas in der Hand, das wie die Seite einer Tageszeitung aussah. Das Mondlicht erhellte die Überschrift und ein Foto: das Bild eines Mädchens auf einer Beerdigung.

»Wer ist das?«

Paolo zuckte zusammen. Er hatte nicht bemerkt, dass Luisa zu ihm getreten war. Sie stand jetzt neben ihm.

»Sie heißt Angelina«, sagte er, den Blick auf den Zeitungsausschnitt in seiner Hand gerichtet.

»Ein schöner Name.«

»Ja. Sehr schön.«

Sie flüsterten beide. Paolo blickte weiter auf das Foto.

»Es ist die Tochter eines der Männer, die mein Sohn erschossen hat. Das Foto wurde bei der Beerdigung ihres Vaters aufgenommen. Da war sie drei Jahre alt. Jetzt wird sie bald sechs.«

»Darf ich mal sehen?«, fragte Luisa, indem sie die Hand ausstreckte.

Er reichte ihr das Stück Papier. Sie nahm es entgegen und betrachtete es genau. Als sie es ihm zurückgab, traf das Mondlicht schräg ihre klaren Augen.

»Warum haben Sie das in der Brieftasche?«

Er sog geräuschvoll die Luft durch die Nase ein.

Zog sich am Ohrläppchen.

Verlagerte das Gewicht vom rechten auf den linken Fuß, dann wieder zurück.

»An dem Tag, als mein Sohn verhaftet wurde, berichteten alle Zeitungen und Nachrichtensendungen über ihn. Und auch über seine Opfer, zumindest über die, von denen man wusste. Am nächsten Morgen war ich in der Schule. Ich hatte Unterricht in einer Abiturklasse, wir nahmen gerade Kant durch.«

»Was ist das?«

»Kant war ein Philosoph.«

»Aha. Schwierig?«

»Nun ja. Manchmal schon.«

Paolo schaute zum Mond. Er war frei von Wolken, und die Krater hoben sich klar wie frische Spuren im Schnee von der Oberfläche ab.

»Aber das Schönste, was er gesagt hat, ist nicht schwierig. Gar nicht. *Zwei Dinge erfüllen das Gemüt mit immer neuer und zunehmender Bewunderung und Ehrfurcht: der bestirnte Himmel über mir und das moralische Gesetz in mir.*«

»Schön«, murmelte Luisa. »Und es stimmt: Das ist nicht schwierig.«

»Nein. Zumindest ist es nicht schwierig zu verstehen.«

Er blickte sie an, so als wolle er ihr etwas sagen, was sie betraf, hatte bereits den Mund geöffnet, schloss ihn aber wieder. Er wartete einige Augenblicke und erzählte dann weiter. Immer noch leise, um den Vollzugsbeamten nicht zu wecken.

»Nach der Unterrichtsstunde kam einer der Jungen zu mir ans Pult. Er war ein guter Schüler, einer von denen, die sich beteiligen, Fragen stellen, uns Lehrern das Gefühl geben, sinnvolle Arbeit zu verrichten. Es war klar, dass er ein hervorragendes Abitur hinlegen würde. Dieser Schüler wartet also, bis auch der letzte Klassenkamerad zur Pause hinaus ist, und dann sagt er zu mir: ›Richten Sie Ihrem Sohn bitte aus, dass zahlreiche Genossen stolz darauf sind, was er getan hat.‹ Und dann machte er noch diese Geste. So.«

Paolo hob den Arm mit der geballten Faust, mechanisch wie ein von einem Getriebe in Bewegung gesetzter Hebel.

»Noch am gleichen Morgen habe ich unseren Direktor aufgesucht und um eine Beurlaubung gebeten. Ich bin nie wieder in die Schule zurückgekehrt.«

Er schwieg. Sie gleichfalls, so als erwarte sie, dass er mit seiner Erklärung fortfahre.

In Ligurien, wo sie die Ferien verbrachten, hatte Paolos Sohn schon von klein auf einen gleichaltrigen Spielkameraden. Im Sommer waren die beiden unzertrennlich. Dieser Junge kam aus einer richtigen Bauernfamilie und hatte zehn, elf Geschwister. Und er war sehr intelligent. Mit vierzehn schickten die Eltern ihn zum Arbeiten in ein Sägewerk nach Sestri Levante, der nächstgrößeren Stadt, und als Paolos Sohn im Juni jenes Jahres wieder in Ligurien Ferien machte, schaute er wie immer sofort bei ihm vorbei. Doch der Freund hatte keine Zeit mehr, mit ihm zu spielen. Jetzt wurde er im Morgengrauen geweckt, um mit anderen Pendlern den ersten Zug zur Arbeit zu nehmen, und kehrte erst zum Abendessen nach Hause zurück. Wie früher zusammen mit seinem Kameraden aus der Stadt auf Jagd nach Tintenfischen zu gehen, daran war nicht mehr zu denken. Paolos Sohn hingegen hatte frei, denn er besuchte das humanistische Gymnasium, und vor ihm lag ein ganzer Sommer mit Baden und Faulenzen, wie er es seit Kindertagen nicht anders kannte: Und er schämte sich dessen entsetzlich. Zum ersten Mal in seinem Leben wurde ihm die Ungerechtigkeit dieser Gesellschaft bewusst: Hätte sein Freund weiter zur Schule gehen dürfen, hätte er garantiert einen guten Abschluss gemacht, hätte vielleicht studiert und wäre Arzt oder Professor geworden.

Aber nein: Stattdessen musste er mit vierzehn in einem Sägewerk arbeiten. Und das Höchste, was er anstreben konnte, war, eines Tages vielleicht Facharbeiter zu werden.

Damals hatte Paolo seinen Sohn zu lehren begonnen, sich mit der Welt, wie sie war, ihrer Ungleichheit, nicht abzufinden. Er erzählte ihm von dem Philosophen aus Trier, der das Bild einer Gesellschaft entworfen hatte, in der jeder nach seinen Bedürfnissen versorgt und zu der jeder nach seinen Fähigkeiten beitragen würde. Er lehrte ihn, sich für eine Welt einzusetzen, in der ein Kind aus einer Bauernfamilie studieren und seine Talente entfalten konnte. Wovon alle ihren Nutzen hätten: der Einzelne ebenso wie die Gesellschaft. Was konnte man sich Schöneres, Humaneres vorstellen?

Es wäre das Paradies auf Erden. Nur hatten dann, wie schon zu oft in diesem verfluchten Jahrhundert geschehen, sein Sohn und dessen Genossen im Namen dieses Paradieses ein Inferno angerichtet.

Doch dieses Paradies anzustreben, das hatte er, Paolo, ihn gelehrt.

»Mir ist klar geworden, dass ich ein schlechter Lehrer war«, antwortete er Luisa.

Sie schwieg, unterließ jede Bemerkung. Und Paolo hatte den Eindruck, sie nehme alles, was er sagte, in sich auf so wie die Erde den Regen: Das Wasser verschwand, hörte aber nicht auf zu existieren, auch wenn niemand sagen konnte, in welcher Schicht es gespeichert und aus welcher Quelle es wieder austreten würde.

Nach einigen Augenblicken deutete Luisa erneut auf den Zeitungsausschnitt.

»Und was ist nun damit? Warum tragen Sie es immer bei sich?«

Er senkte den Blick auf das Stück Papier und ließ ihn dort ruhen. Als liege in diesen Buchstaben, dem Foto, dem Mäntelchen des kleinen Mädchens die Antwort auf ihre Frage. Er stieß wieder einen dieser schweren Seufzer aus, nun fast ein Jaulen – und dieses Mal war offensichtlich, dass er es selbst gemerkt hatte. Der Blick, mit dem er sie ansah, war dermaßen hilflos, traurig, resigniert, dass Luisa einen Moment lang vor Mitleid der Atem stockte.

»Weil es das Letzte ist, was mir von meinem Sohn geblieben ist.«

Luisa hatte auszuatmen vergessen, und ihre Schultern waren noch angespannt.

Als sie sie wieder sinken ließ, waren ihr Tränen in die Augen gestiegen. Sie hob einen Arm, streckte die Hand aus, führte sie zu Paolos Gesicht und berührte es ganz sanft mit den Fingerspitzen.

Paolo schloss die Augen und neigte kaum merklich den Kopf, wie um ihn in ihre Hand zu legen. So stand er da, die Lider gesenkt, während seine Wange in ihrer Handfläche ruhte. Plötzlich ergriff er ihre Hand und schlug sie sich einmal gegen den Wangenknochen. Dann stand er wieder da, ohne die Augen zu öffnen, die wie eine geschlossene Schatulle seinen Schmerz bargen, und hielt ihre Handfläche fest, die sein Gesicht tröstete. Schließlich schlang er, wieder ruckartig, die Augen immer noch geschlossen, die Arme um sie und zog sie zu sich heran.

Luisa wehrte sich nicht, sondern ließ sich umarmen. Sie legte den Kopf an seine Schulter und begann zu schluchzen, und die Schluchzer durchzuckten ihren ganzen Körper, den Brustkorb, die Schultern, das Becken, die Beine. Jetzt war es Paolo, der ihr Haar streichelte, während sie weinte, und je heftiger sie weinte, desto offener streichelte er sie, voller Hingabe, über den Nacken, hinter den Ohren, über den Scheitel. Erst nach einer Weile versuchte sie, etwas zu sagen.

»Tut mir leid … Das ist nicht recht … Sie sind es doch …«, murmelte sie mit verstopfter Nase.

Sie hatte die Schulter seines Hemdes mit Tränen und Schleim benetzt.

»Nein, nein«, antwortete er, indem er ihr weiter übers Haar streichelte. »Nein, nein. Es ist schon gut.«

Und von Paolos Armen gehalten, weinte Luisa, weinte, wie sie noch nie in ihrem Leben geweint hatte. Sie weinte wegen der Menstruationsschmerzen auf dem Traktor. Weinte wegen der Ravioli, von denen ihre jüngste Tochter so gern gegessen hätte und die dann im Abfall gelandet waren. Weinte wegen der Männerschuhe, die sie seit Jahren im November und April aus dem Schuhschrank holte und putzte. Sie weinte um das kleine Mädchen, das damals drei und heute sechs war und solch einen schönen Namen hatte. Sie weinte um ihre Kinder, die auf dem Schulhof »Dein Vater ist ein Mörder« zu hören bekamen. Sie weinte um diesen Mann, den sie bis gestern nicht kannte und dessen Mund Klagelaute entfuhren. Sie weinte wegen der Umarmung, in der er sie jetzt hielt. Sie weinte um den Saufkumpan, den ihr Ehemann in einer Winternacht totgeprügelt hatte, weinte um ihren Ehemann, der von den Kollegen des Wärters, den er umgebracht hatte, bis aufs Blut zusammengeschlagen worden war. Sie weinte wegen ihrer Angst als junge Ehefrau auf dem Berggipfel. Weinte wegen des Abends, als sie zum ersten Mal zum Tanzen ausgeführt wurde, weinte wegen des schönen Lächelns, in das sie sich verliebt hatte. Sie weinte wegen der Leibesvisitationen in den Vorzimmern der Besucherräume. Weinte um den Pädophilen, der so nett zu den Kindern war. Sie weinte um ihre Kindheit, ihre Jugend, weinte um die Pasta mit Seeigeln, weinte um ihre Tochter, die am Telefon »Mach dir keine Sorgen« zu ihr gesagt hatte. Sie weinte, weil sie seit ihrem dreizehnten Lebensjahr nicht mehr geweint hatte und niemand ihr übers Haar gestrichen hatte, seit sie zehn war.

Als sie sich zu beruhigen begann, führte Paolo sie an den Schulterblättern zu ihrer Matratze, und sie ließ sich wie von einem Hirten leiten. Erst als sie auf dem Bett saß, ließ er ihre Schultern los und ging den Friseurstuhl von der anderen Seite des Zimmers holen. Er war schwer, und der Metallfuß schleifte mit einem unangenehmen Geräusch über die Kacheln. Beide drehten sich zu Nitti um: Der Vollzugsbeamte lag immer noch reglos auf seinen drei Stühlen, schnarchte aber nicht mehr.

Paolo stellte den Friseurstuhl neben das schmale Bett, während Luisa immer noch auf dem Rand der Matratze saß, in sich zusammengesunken wie eine Puppe ohne Puppenspieler; nur hin und wieder durchzuckte sie ein Schluchzer. Er legte ihr eine Hand unter den Kopf und führte ihn zum Kissen. Sie legte ihn fügsam darauf, nahm die Beine hoch und steckte sie unter Maria Caterinas Decke. Dann ließ er sich auf dem Friseurstuhl neben ihr nieder und ergriff ihre Hand.

Luisas Schluchzer wurden immer seltener und schwächer wie das Donnern eines Gewitters, das in der Ferne verhallt, bis sie sich ganz beruhigt hatte.

So verharrten sie lange: sie liegend, er sitzend, beide mit geschlossenen Augen, verbunden nur durch den festen Griff ihrer Finger. Der rechteckige Lichtkegel, der durchs Fenster auf die Fußbodenkacheln fiel, streifte Nittis übereinandergeschlagene Füße. Der Vollmond brachte das glatte Leder seiner Schuhe zum Glänzen.

Paolo hatte sich tief auf dem Friseurstuhl zurücksinken lassen. So erschöpft war er, dass er fast nicht mehr spürte, wie unbequem seine Lage war. Er ging nicht dem Gedanken nach, wann er zum letzten Mal eine Frau umarmt (seine Schwester bei Emilias Beerdigung) oder einer Frau zärtlich übers Haar gestrichen hatte (Emilia im Sarg): Schwer wie eine Winterdecke senkte sich die Müdigkeit auf ihn herab, und er wünschte sich nichts anderes mehr, als diesem Gewicht nachzugeben.

Er war fast schon eingeschlafen, als Luisa ihn mit näselnder Stimme fragte:

»Warum haben Sie eigentlich gelacht?«

»Was?«, rief Paolo, aufgeschreckt wie jemand, der mit Macht auf die Schwelle des Bewusstseins zurückgerissen wird.

»Ich meine bei dem Unfall. Das heißt, kurz danach.«

Paolo hob den Kopf, um sie anzuschauen.

»Ich weiß nicht, was Sie meinen.«

»Ach, diese Sache mit der nackten Gräfin.«

Luisa schien hellwach zu sein.

Verwundert blinzelte Paolo zu ihr hinüber. Erst nach einer Weile erinnerte er sich wieder an den Witz, den der Fahrer des Transporters gemacht hatte. Und mit belegter Stimme antwortete er: »Die auf den Spiegeln?«

»Ja. Was ist lustig daran, wenn sie sich hässlich findet?«

Mittlerweile war Paolo ganz aus dem Halbschlaf erwacht. Ungläubig starrte er sie an. Konnte das wahr sein, dass sie ihn jetzt darum bat, ihr diesen platten, ja einfach peinlichen Witz zu erklären? Er erinnerte sich noch an das Gefühl, halb Verlegenheit, halb Belustigung angesichts der absurden Situation, das ihn einmal in der Umkleidekabine im Schwimmbad überkommen hatte, in der er sich mit seinem dreijährigen Sohn aufhielt. Der Junge hatte auf die von der Badehose entblößten Genitalien seines Vaters gedeutet und ihn besorgt gefragt:

»Sieht mein Pillermann später auch mal so hässlich aus?«

Paolo hätte ihn beruhigen – nein, nein, er brauche keine Angst zu haben, sein Pillermann werde immer so schön bleiben – oder versuchen können, ihn zu überzeugen, dass der Penis eines Erwachsenen so hässlich ja nun auch wieder nicht sei. Stattdessen brach er nur in Lachen aus, nahm den Kleinen in den Arm und überhäufte ihn mit Küssen.

»Nicht *sie* sah nicht gut aus«, antwortete er jetzt, »sondern: *das* sah nicht gut aus.«

Luisa schwieg und versuchte nachzudenken. Ihre Finger hatten nun wieder festen Besitz von Paolos Hand ergriffen.

»Nichts zu machen. Ich kann da nicht lachen. Offenbar bin ich zu dumm.«

»Das ist nicht wahr.«

Luisa zog noch einmal die Nase hoch.

»Doch, doch. Es wäre schön, wenn ich klüger wäre, etwas von Philosophie verstehen würde …«

»Wer tut das schon!«

Luisa seufzte nachdenklich.

»Ach, schlafen wir lieber«, sagte sie.

»Ja, das sollten wir«, antwortete er.

Sich weiter an den Händen haltend, schlummerten sie augenblicklich ein und schliefen bald so fest wie Tiere im Winterschlaf.

Erst jetzt öffnete Nitti die Augen. Wie lange lag er wohl schon wach und hatte ihnen zugehört?

Paolo und Luisa rieben sich die Augen, während ihnen ein intensiver, bitterer Duft in die Nase zog. Nitti weckte sie mit Kaffee. Maria Caterina hatte die Thermoskanne bis an den Rand gefüllt, die er immer mitnahm, wenn er Nachtschicht hatte.

Als Tasse hatten sie nur den Kannendeckel. Der Vollzugsbeamte ließ zuerst Luisa trinken, dann Paolo und nahm selbst den letzten Schluck.

»Der ist ja noch heiß«, staunte Luisa.

Nitti zeigte auf die Thermoskanne.

»Deutsche Wertarbeit. Hat mir die Schwägerin geschenkt. Die ist in Stuttgart verheiratet.«

Durch das Fenstviereck fiel ein blendendes Licht. Alle Wolken waren hinweggefegt worden, und es war ein klarer, sonniger Morgen.

»Ich könnte Ihnen etwas Sauberes zum Anziehen geben.« Nitti deutete zuerst auf Paolo, dann auf Luisa. »Sie müssten ungefähr meine Größe haben. Und meine Frau ist wohl etwas kleiner als Sie, aber ihr Frauen seid doch geschickt darin, euch Kleider zurechtzumachen.«

Beide bedankten sich für das Angebot, sagten aber, dass es nicht nötig sei.

Dann gingen sie sich frisch machen, jeder in seinem eigenen, gut ausgestatteten Bad, fast wie im Hotel. Angenehm erfrischt kehrten beide zu Nitti zurück.

Plötzlich hörte man ein Hupen. Dann eine Pause, das Zuschlagen einer Wagentür und eine unverkennbare Stimme so rau wie der Fels der Insel.

»Nitti!«

Der Beamte öffnete die Tür. Vor dem Glaspalast stand ein Geländewagen der Gefängnisverwaltung.

»Guten Morgen, Dottore«, sagte Nitti.

»Sind die Leute bei Ihnen?«

»Natürlich. Ich habe sie nicht aus den Augen gelassen.«

Hinter ihm waren Paolo und Luisa aufgetaucht. Der Direktor musterte sie aufmerksam, wie um sich zu vergewissern, dass über Nacht kein Personentausch stattgefunden hatte.

»Ich bin gestern schon mal vorbeigekommen. Aber da war niemand hier. Wo waren Sie?«

»Vielleicht war das, als wir gerade im Laden waren. Die beiden mussten zu Hause anrufen.«

Paolo trat einen Schritt vor.

»Wie Sie wissen, Herr Direktor, wurden wir hier durch das Unwetter festgehalten. Aber Ihr Beamter hat uns keinen Moment allein gelassen. Im Gegenteil. Er hat uns bewacht, als seien wir Häftlinge und keine Besucher. Das wird noch ein Nachspiel haben. Ich werde mich bei dem zuständigen Richter beschweren.«

Aus Augen, denen jeder Ausdruck fehlte, sah der Direktor ihn an.

»Ach, tatsächlich? Ich fürchte um meine Karriere.«

Dann wandte er sich an Nitti, als gehe die Sache weder Paolo noch Luisa etwas an: »Gegen Mittag trifft die Fähre hier ein. Der Kapitän hat mich angerufen. Er meint, das gibt einen hübschen Tanz auf den Wellen, aber er will trotzdem übersetzen. Er weiß, dass ich die Leute keine weitere Nacht hierbehalten kann.«

Er drehte sich um und blickte Paolo in die Augen.

»Schließlich sind das keine Häftlinge. Das sind Besucher.«

Das war alles, was er zu sagen hatte. Er machte kehrt, stieg in seinen Wagen und fuhr davon. Die drei auf der Schwelle rührten sich nicht, bis das Fahrzeug verschwunden war. Dann wandte sich Nitti an Paolo.

»Ich werde mich bei dem zuständigen Richter beschweren ...«, kicherte er. »Wo haben Sie denn das her?«

Paolo zuckte mit den Achseln.

»Keine Ahnung. Ist mir so eingefallen.«

Sie waren reisefertig, denn sie hatten kein Gepäck, und Kleider zum Wechseln hatten sie dankend abgelehnt. Als sie auf den Platz vor dem Haus traten, um in den Wagen zu steigen, umfing sie der Duft des großen Feigenbaumes. Nun, da der Wind abgeflaut war, verbreitete sich sein Geruch so durchdringend, so süß, dass es kaum zu ertragen war. Von seiner betörenden Kraft erfasst, musste Paolo ein wenig die Augen schließen. Hätte er sagen sollen, welcher, mehr als jeder andere, der Duft von Framura für ihn war, hätte er keinen Moment mit der Antwort gezögert: der des Feigenbaums in ihrem kleinen Garten. Um sich von der Erinnerung loszureißen, hielt er sich an dem Griff zu einer Seite der Türe fest und schwang sich mit einem Satz in den Wagen.

Sie hatten erst ein paar hundert Meter auf der Straße zwischen den niedrigen hellen Häusern zurückgelegt, als Paolo, den Feigenduft noch in der Nase, schon das Meer auftauchen sah. Blitzartig wurde es ihm bewusst:

Das Wasser, das diese Insel umgab, diese Sonne, die seine Farben zum Leuchten brachte, dieser Himmel, an dem die Seevögel kreisten, das alles gehörte zu dem gleichen Mittelmeer, das auch gegen den Strand von Framura schlug, es war die gleiche Sonne, die es erwärmte, der gleiche Himmel, der sich über ihn, Emilia und ihren Sohn gespannt hatte, als sie noch glücklich waren. Und zum ersten Mal seit er diese Hochsicherheitsstrafanstalt besuchte, kam ihm dies nicht wie eine Verhöhnung des Schicksals vor.

So unverständlich, widersinnig es auch sein mochte: Jetzt war es wie ein Geschenk für ihn.

Kurz nach Mittag traf das Schiff ein. Maria Caterina hatte ihnen Getränke und mit Omelette belegte Brötchen gebracht. Die verzehrten sie, während sie auf der Mole saßen und beobachteten, wie die Wellen des immer noch unruhigen Meeres ans Ufer klatschten. Sie ließen die Beine über dem Wasser baumeln wie Touristen, die gegen Ferienende auf ihr Schiff nach Hause warteten. Von hier verfolgten sie das Hinüberwerfen der Taue, das Brodeln des Wassers, das von den mit voller Kraft rückwärtslaufenden Motoren aufgewühlt wurde, und das Auslegen des Landungsstegs.

Als es Zeit war, an Bord zu gehen, und Paolo sich von Nitti verabschieden wollte, merkte er, dass er nicht wusste, wie. Auf Wiedersehen zu sagen, gelang ihm nicht. So drückte er ihm nur die Hand und bestieg dann das Schiff. Eiligen Schritts, die Verlegenheit und das Bedauern, sich nicht bedankt zu haben, trieben ihn fort.

Auch Luisa drückte dem Beamten die Hand, entfernte sich aber nicht sogleich. Zögernd stand sie vor ihm, seufzte einmal, öffnete den Mund und sagte schließlich: »Danke, Sie waren wirklich sehr nett zu uns. Deswegen wollte ich Ihnen sagen …«

Sie holte tief Luft. Wie ein Boxer, der zum Schlag ausholt, oder ein kleines Kind, bevor es eine Spritze bekommt.

Und in einem Rutsch kam es ihr über die Lippen: »Es ist schlimm, wenn eine Frau Angst hat vor dem Mann, der neben ihr im Bett liegt.«

Und nach einer Pause setzte sie hinzu: »Sagen Sie das doch Ihrer Frau. Dass sie keine Angst haben muss.«

Nitti starrte sie an, als habe er eine Zahnbrasse vor sich, die plötzlich zu singen begonnen hatte.

Luisa ließ ihm nicht die Zeit, eine passende Antwort zu finden. Ein Augenblick nur, dann hatten ihre muskulösen Beine den Landungssteg schon überwunden, und sie war an Bord.

Auf Wiedersehen hatte auch sie nicht gesagt.

Die Fähre stach in See. Der Strafvollzugsbeamte Nitti Pierfrancesco, ein regloser grauer Fleck auf der Mole aus hellem Stein, sah noch zu, wie sie wendete, um den Hafen zu verlassen, den Bug dem offenen Meer zukehrte und dann am Horizont immer kleiner wurde. Seine Augen waren weit geöffnet, damit alle sehen konnten, dass er sie auf das sich entfernende Schiff gerichtet hatte. Doch tatsächlich war er wie ein Blinder, der auch mit aufgerissenen Lidern nichts zu sehen vermochte, sondern nur Geräusche vernahm. Und das, was der Strafvollzugsbeamte Nitti Pierfrancesco hörte, genauer, was ihm durch den Kopf toste wie die Wellen einer Brandung, waren Luisas Worte, die nun, ähnlich wie das Schiff, das jetzt nur noch ein Pünktchen war zwischen Himmel und Meer, immer mehr abnahmen, bis nur noch ein einziges übrig blieb.

*Angst.*

*Herzallerliebste, du Licht meines Lebens, hast du tatsächlich Angst vor mir?*

Den ganzen Tag über war ihm, als stecke ihm eine Seebarbengräte im Hals, ein Seeigelstachel in der Handfläche, ein Nagel im Fuß. Er musste jedoch bis zum Abend warten, bis sein Dienst zu Ende war, die Übergabe erledigt, das Abendessen gekocht und verzehrt und die Kinder ins Bett gebracht worden waren. Erst dann konnte er allein mit Maria Caterina sprechen.

»Was hast du dieser Frau erzählt?«, fragte er sie. »Wie kann sie so etwas zu mir sagen?«

Sie saßen nebeneinander am Küchentisch. Maria Caterina neigte den Kopf zu einer Seite.

»Was hat sie denn zu dir gesagt?«

»Dass du Angst vor mir hast.«

Maria Caterina sog die Lippen so fest ein, dass sie zahnlos wie eine Greisin aussah. Sie legte das Kinn auf die Brust und sah ihn von unten herauf an.

»Nicht vor dir. *Um dich.*«

»Was meinst du damit? Sag schon! Was meinst du denn damit?«

Nitti hatte die Stimme erhoben, aber er war es ja nicht, wovor sie Angst hatte.

Und endlich redete sie mit ihm.

Sie erzählte ihm, wie oft sie, wenn er heimkam, beunruhigende Spuren auf seiner Uniform entdeckt habe, auf seinen Schuhe oder auch nur in seinem Gesicht – allerdings die beunruhigendsten Spuren überhaupt. Sie wisse, so fuhr sie fort, dass es in einem Gefängnis naturgemäß immer mal wieder zu unschönen Zwischenfällen komme; und wenn er nach so einem Zwischenfall schlechte Laune habe, sei das ganz normal, menschlich, das wisse man vorher, wenn man einen Vollzugsbeamten heirate. Doch manchmal sei er eben nach der Arbeit dermaßen schweigsam, bedrückt, verschlossen, dass er wirklich gar nichts erzähle und nur auf seinen Teller starre und noch nicht einmal den Kindern ins Gesicht sehen könne, und dann leide sie entsetzlich, denn sie spüre in dem Moment, dass er ihr nicht das verschweige, was ein Häftling getan hatte, denn damit sei ja, wie gesagt, täglich zu rechnen, schließlich säßen die Leute nicht umsonst im Gefängnis, sondern das, was er …

Maria Caterina brach ab, senkte die Lider und behielt sie einen Moment lang geschlossen, als sei sie eingeschlafen.

»… was du getan hast.«

Erst als der Satz draußen war, schlug sie die Augen wieder auf.

Er schaute sie nicht an. Die Augen weit geöffnet, war sein Blick zu Boden gerichtet. Er schwieg. Und sie fuhr fort.

»Rede mit mir, Pierfrancé. Ich verspreche dir, ich falle dir nicht ins Wort. Aber mit wem willst du sonst reden, wenn nicht mit mir?«

Der Körper ihres Mannes war vollkommen reglos, doch in seinem Kopf wirbelte ein Sturm, gegen den der Maestrale vom Vortag nur ein laues Lüftchen war. Er dachte an das eine Mal, als er einem Häftling, der noch nicht lange bei ihnen war, den Kopf ins Stehklo gepresst hatte, weil er »Lutsch mir den Schwanz, Wärter« zu ihm gesagt hatte. Oder wie er einmal mit einem Balken eine Bürotür verrammelt hatte, damit niemand stören konnte, während ein Kollege in aller Ruhe einem Inhaftierten, mit dem es seit Monaten nur Ärger gab, eine Abreibung verpasste. Oder daran, wie er und drei weitere Beamte mit zwei Politischen, die sich partout nicht an die Gefängnisordnung halten wollten, zu einer Klippe hoch über dem Meer hinausgefahren waren, wo sie die Pistolen gezogen und eine Scheinexekution veranstaltet hatten. An den Gestank der Scheiße von einem der beiden, der sich in Todesangst vollmachte. Und auch daran, wie er einmal einen Häftling mit Tritten und Fäusten so fertiggemacht hatte, dass die Kollegen herbeigelaufen waren, um den Mann unter ihm hervorzuholen. Ihm fiel wieder ein, dass er einen anderen mal festgehalten hatte, während ein Kollege den Mann vollpinkelte, wobei etwas von der Pisse auch auf seiner Hose gelandet war. Klar, diese *Gämse* hatte es nicht besser verdient, monatelang schon hatte dieser Typ Leute schikaniert, besonders die Schwächsten, und deswegen war ihm auch niemand zu Hilfe gekommen, obwohl sie ihn extra auf den Hof geschleppt hatten, damit alle seine Erniedrigung verfolgen konnten.

Und er dachte daran, wie er Maria Caterina zum ersten Mal gesehen, wie er zum ersten Mal mir ihr geschlafen hatte.

An die Zeit, als er diese Dinge noch nicht getan hatte.

An die Zeit, als er sich diese Dinge noch nicht einmal hätte vorstellen können.

An den Gestank von Blut und Angst, den ein zusammengeschlagener Mensch von sich gab.

An die völlige Erstarrung, in die manche Gefangene in ihrer Verzweiflung versanken wie in ein Grab und die am Gefängnis mit Abstand das Schlimmste war.

An das Gesicht, das seine Frau machen würde, wenn sie von all diesen Dingen erführe.

Sein Oberkörper knickte ein, und der Kopf sank an Maria Caterinas Brust – wie ein Baum, der, vom Blitz gefällt, in ein Weizenfeld stürzt. Er presste das Gesicht gegen diesen ihm so vertrauten, so unentbehrlichen weichen Körper. Und ihm wurde klar, dass er sie niemals finden würde, die Worte, um die sie ihn bat.

# HOHE SEE

Sie erreichten die Hauptinsel, als es bereits dämmerte. Beim Anlegen waren alle erleichtert. Die Fähre hatte heftig auf den Wellen in der Meerenge getanzt, und einige Passagiere hatten sich übergeben müssen. Auch Luisas Gesicht war, als sie von Bord ging, blasser als beim Ablegen. Das von Paolo nicht. Schon als Kind hatte er, wenn er mit seinen Eltern im Bus zu den Großeltern fuhr, trotz der kurvigen Strecke durch die Hügellandschaft nicht von seinem Buch aufgesehen. Ebenso wenig war er je seekrank geworden.

Der Maestrale hatte den Fährverkehr mit dem Festland lahmgelegt. Nach der Autofähre, mit der Paolo und Luisa gekommen waren, war keine mehr in See gestochen. Doch ein Angestellter vom Hafenamt beruhigte sie: Am Morgen habe in dem großen Festlandhafen im Norden eine Fähre abgelegt, die in Kürze eintreffen und dann bald, nach einem Aufenthalt von nur wenigen Stunden, zur Nachtüberfahrt aufbrechen werde. Am nächsten Morgen würden sie dann am Festland erwachen.

Sie betraten die Bar neben dem Fahrkartenschalter. Die Laminattischchen waren fleckig, der Fußboden mit Sägespänen bestreut, die Kellnerin mürrisch. Nach einem eiligen Espresso im Stehen an der Theke brauchten sie kein Wort darüber zu verlieren, dass sie nur schnell wieder hinauswollten.

Überhaupt hatten sie trotz des Windes keine Lust, sich in einem geschlossenen Raum aufzuhalten. So suchten sie sich auf dem Kai einen etwas geschützten Platz hinter einem Mäuerchen. Schweigend saßen sie da und schauten hinüber auf die Umrisse der Insel jenseits der Meerenge. Eintönig dunkel hob sie sich von dem immer noch durch ein diffuses Licht schwach erhellten Himmel ab. Nur einige wenige hellere Pünktchen waren auf der schattenhaften Insel zu erkennen; das mussten die Lichter jener Handvoll niedriger Gebäude unweit der Zentrale sein.

Als es schon fast ganz dunkel war, erkannten sie draußen auf See plötzlich die Lichter der eintreffenden Fähre. Sie durchpflügte das bleifarbene Meer und wurde rasch immer größer.

Erst jetzt fiel ihnen ein, dass ihre Rückfahrkarten nur für den Vortag galten. Sie mussten noch umbuchen, bevor die Einschiffung begann. Ein wenig benommen von dem Wind, in dem sie so lange gesessen hatten, standen sie auf und liefen zum Fahrkartenschalter.

Ihre Reservierungen galten für die wegen des Sturmes ausgefallene Autofähre, und so hatte der Mann hinter dem Tresen keine Bedenken, ihnen die Fahrkarten umzuschreiben. Paolo hatte eine Einzelkabine gebucht, Luisa nur die Überfahrt an Deck. Wie bei der Hinfahrt wollte sie in einem Sessel in dem großen Passagierraum schlafen.

Paolo beugte sich zu ihr vor.

»Würden Sie mir erlauben, Ihnen eine Kabine anzubieten? Sie sind seit drei Tagen unterwegs, und morgen liegt noch ein weiter Weg vor Ihnen. Ich möchte nicht, dass Sie die Nacht im Sitzen verbringen.«

»Aber nein, das ist doch nicht nötig. Ich bin es gewohnt, zu …«

Er unterbrach sie.

»Luisa, ich weiß, dass Sie das gewohnt sind: sich aufzureiben, es unbequem zu haben. Aber Sie würden mir einen Gefallen tun. Einen großen Gefallen. Darf ich?«

Sie neigte den Kopf, um das Lächeln zu verbergen, das sie überkommen hatte und auch innerlich strahlen ließ. Da es ihr nicht gelang, nickte sie.

»Wir nehmen zwei Einzelkabinen«, sagte Paolo zu dem Mann am Schalter, der bereits Anzeichen schläfriger Ungeduld erkennen ließ. Er war schon dabei, die Karten abzutrennen, da legte Luisa, ohne Paolo anzusehen, eine Hand auf die Theke.

»Nein, Entschuldigung, warten Sie. Wir nehmen eine Doppelkabine.«

Paolo fuhr herum. Sie aber sah ihn nicht an, sondern hielt den Blick weiter auf den Mann hinter dem Schalter gerichtet, der seine Arbeit unterbrochen hatte, und irritiert zu den beiden Kunden aufschaute.

»Was denn nun? Einzeln oder doppelt?«

Erst jetzt erwiderte Luisa Paolos Blick. Ihre Augen strahlten vor Kühnheit und Stolz wie die eines kleinen Mädchens, das beim Stibitzen eines Kuchens erwischt wurde, aber erst, nachdem er schon ganz aufgesessen war.

»Eine Doppelkabine«, sagte Paolo und legte seine Hand auf die von Luisa.

Sie hielten sich an den Händen, während sie das Anlegemanöver beobachteten, während die Autos den Rumpf des Schiffes verließen, als man den Passagieren ein Zeichen gab, nun an Bord zu kommen. Hand in Hand standen sie in dem Restaurant unten im Zwischendeck an, wo warme Speisen ausgegeben wurden. Sie lösten sich nur voneinander, um sich ein Tablett zu nehmen und etwas zu essen daraufzustellen – Kleinigkeiten, denn beide hatten keinen großen Hunger. Eilig aßen sie und verschränkten dann ungeduldig, wie ein junges Pärchen, wieder ihre Hände. Gemeinsam schauten sie sich die Nachrichten an (von Bombenanschlägen, Prozessen, einem jungen Mann, den Neofaschisten mit einer Eisenstange verprügelt hatten), und stiegen dann wieder hoch an Deck, ohne dass sich ihre Hände auch nur einen Augenblick gelöst hatten.

Der Bug hob und senkte sich, während er die langgezogenen Wellen durchfurchte, deren weiße Schaumkronen im Scheinwerferlicht der Fähre leuchteten. Das übrige Meer war nur noch eine düstere, grenzenlose Masse und wirkte sehr viel trüber als der Himmel mit seinen funkelnden Sternen. Der Große Bär war deutlich zu erkennen, auch das breite W der Kassiopeia, sogar die Milchstraße, die tatsächlich dort oben den Weg zu weisen schien.

Weder Paolo noch Luisa hatten es eilig, schlafen zu gehen, aber sie sträubten sich auch nicht. Keiner der beiden fragte sich, ob der andere wohl verlegen sei. Und keiner der beiden spürte selbst Befangenheit. Sie redeten wenig. Beiden genügte es, beisammen zu sein, sich bei der Hand zu halten. Sie fragten einander nicht, ob der andere müde sei, ob sie sich nicht hinlegen sollten. Irgendwann stiegen sie einfach gemeinsam die schmale Treppe vom Vorderdeck hinab, durchquerten den Salon im Zwischendeck, liefen die Flure im Kabinentrakt entlang, betraten die Doppelkabine, die sie gebucht hatten.

Weder Paolo noch Luisa hatten sich je gefragt, wie es sein würde, nackt neben dem ebenfalls nackten Körper eines Menschen zu liegen, den sie nicht geheiratet hatten. Paolo, weil ihm der Körper seiner Frau immer eine derartige Lust geschenkt hatte, dass er sich nie etwas anderes wünschte. Luisa, weil ihr diese Frage ganz einfach nie in den Sinn gekommen war.

Die Morde und Verhaftungen hatten daran nichts geändert. Es war und blieb für beide undenkbar. Und sei es auch nur, weil in ihrem Kopf kein Platz dafür war: Von Paolo hatte die Trauer Besitz ergriffen, von Luisa die Mühe des Alltags.

Einmal hatte es in Paolos Leben eine Ausnahme von dieser Haltung gegeben, und das war, als er vor dem Operationssaal wartete, in dem Emilias zweite, mittlerweile sinnlose Darmoperation durchgeführt wurde. Da hatte er es einen schwindelerregenden Moment lang erlebt, dass er Emilia hasste, und Groll und Wut auf seine Frau, die am Sterben war und ihn allein ließ, überkamen ihn. Während er so dasaß, trat die Krankenschwester zu ihm, um ihm mitzuteilen, dass die Operation beendet sei. Sie war jung, prall, gesund. Paolos ganze Wut löste sich in einem Anfall so drängenden Verlangens, dass er eine Erektion bekam. Die Erinnerung an diesen Vorfall, über den er nie mit irgendjemandem gesprochen hatte, ließ ihn noch lange danach vor Scham erschauern, schenkte ihm jedoch so etwas wie ein kurzes Glücksgefühl: So als habe eine archaische, vormoralische, aber sehr überzeugende Stimme »Du lebst noch« zu ihm sagen wollen.

Wie üblich und richtig, war Luisa als Jungfrau in die Ehe gegangen. Ihre Freundinnen, die bereits verheiratet waren, hatten ihr gesagt, dass sie sich nicht wer weiß was von der Hochzeitsnacht erwarten solle. Sie war achtzehn, ihr Mann neunzehn. Auch er hatte noch nie eine Frau berührt, und so war es für beide eher eine Erleichterung, als sie, in dieser ersten Nacht, die Sache hinter sich gebracht hatten. Aber danach wurde es nicht viel besser: Seine Berührungen blieben auf das Wesentliche beschränkt, und Berührungen von ihrer Seite gab es überhaupt nicht, ja, sie konnte sich noch nicht einmal vorstellen, dass es sie hätte geben können. Dennoch geschah es hin und wieder, dass Luisa in diesen ersten Wochen, während dieses nüchternen, elementaren Verkehrs, unbekannte Gefühle überkamen. Eine besondere Empfindsamkeit ihres Körpers. Nicht direkt Wollust, sondern so etwas wie ein Echo davon. Ein Sehnen. Die vage Ahnung einer möglichen Vereinigung ihres Körpers mit dem ihres Mannes. Etwas das, wenn es bloß unterstützt und gefördert würde, zur Befriedigung hätte führen können, wenn nicht gar zur Erfüllung.

In solchen Augenblicken kam es vor, dass Luisa ihren Mann im Arm hielt und lächelte.

Niemand hatte Luisa je darüber aufgeklärt, dass eine Frau zusammen mit ihrem Mann zum Höhepunkt kommen konnte. Und niemand hatte ihrem Ehemann je gesagt, wie stark und erfüllt sich ein Mann fühlte, der seiner Frau Befriedigung schenkte. So lernten sie nichts über den anderen, und um nicht immer wieder enttäuscht zu werden, hörte Luisa bald schon damit auf, ihren Empfindungen nachzuspüren. Ihr Körper wurde blind und taub, während ihr Mann mit seinen Bewegungen allein blieb. Und noch bevor die Sache mit den Kanten der Anrichte und dem verletzten Jochbein und all die anderen Dinge geschahen, verkam ihr Ehebett von einer Stätte der Liebe zu einem Ort körperlicher Ertüchtigung.

Weder Paolo noch Luisa hatten sich also jemals vorstellen können, dass ihr Körper wieder nackt neben einem anderen ebenfalls nackten Körper liegen würde. Genauso wenig wie sie geahnt hatten, dass es eine Liebe fern des Festlands der Alltäglichkeiten geben könnte, tausend Seemeilen von der Küste aller Pläne entfernt. Eine Liebe, die wie ein Schiff auf dem Ozean um sich herum nichts hatte als die grenzenlose Weite möglicher Routen, die zu erkunden jedoch, wie beide Seiten wussten, weder die Zeit noch die Umstände erlauben würden. Eine Liebe, die aber dennoch nicht weniger real war als eine Bindung, die sicher am Ufer verankert lag.

Eine Liebe auf hoher See.

Die beiden schmalen Betten waren übereinander angeordnet. Das obere benutzten sie zum Ablegen ihrer Kleidung, und auf dem unteren schliefen sie irgendwann Arm in Arm ein.

Als Paolo die Augen aufschlug, war es schon längere Zeit hell. Er lag allein im Bett. Luisa war bereits angezogen, der Rock verhüllte die muskulösen Beine, die er liebkost hatte. Sie stand vor dem Etagenbett und hatte eine Hand in einer Tasche seiner Hose. Schweigend beobachtete er sie. Ihre Gesten ließen keine Zweifel an ihren Absichten zu: Sie suchte nach etwas. Und sie fand es – Paolos Brieftasche, der sie den Zeitungsausschnitt entnahm. Als sie merkte, dass er wach war, lächelte sie ihn an, nicht im Mindesten verlegen, weil er sie beim Durchstöbern seiner Taschen ertappt hatte.

Sie setzte sich neben ihn auf das Bett, das noch ihren Geruch verströmte. Sie schaute sich das Bild lange an, als wolle sie es sich genau einprägen. Die Falte in der Mitte des Zeitungspapiers durchschnitt den Oberkörper des kleinen Mädchens in dem Mäntelchen. Luisa legte sich das Papier auf die Knie und strich es behutsam glatt wie einen frischen Kissenbezug, bevor man das Kopfkissen hineinsteckte. Paolo sah, dass Luisa auch ihr eigenes Portemonnaie hervorgeholt hatte; es lag neben ihr auf der Decke.

Jetzt sah Luisa zu ihm auf, schwenkte dabei das Foto des Mädchens wie eine Fahne und sagte:

»Das werde ich jetzt bei mir tragen.«

Genau so sagte sie es. Nicht, das *behalte ich*, das *verwahre ich*, sondern das *trage ich*. So wie man es zu einem

Gefährten auf einer Wanderung sagen würde, während man sich sein Gepäck für ein Stück Weg auflädt.

Sie wartete nicht darauf, ob er zustimmte: Mit ihren starken Fingern, die so viel gearbeitet hatten, faltete sie das Papier wieder zusammen und steckte es in ihr Portemonnaie.

# EINE PAUSE VOM DUNKEL

...-Insel, den .. .. 1979

An den Kommandierenden Maresciallo:

Bezugnehmend auf den Ihnen am 3. dieses Monats zugestellten Bericht zur Revolte vom 2. dieses Monats, die von den Häftlingen der 1. Abteilung des Gefängnisses mit Hochsicherheitsauflagen (§354, 1975), dessen Leitung mir untersteht, begonnen wurde, teile ich Ihnen mit:

Durch die von den aufständischen Häftlingen gezündeten Sprengkörper sowie Eisenstangen, die dieselben aus den Pritschen der Zellen gebrochen haben, wurden im Einzelnen folgende Objekte zerstört:

40 Längsspinde, 40 Hochspinde, 20 Fernsehgeräte, 20 Waschbecken, 20 Stehklosetts, 18 Toilettentüren, 20 Fenster, 20 Schlösser von Türen im Innenbereich, 15 Schlösser von Toren im Außenbereich, 50 kleine Tische, 50 Hocker, die Elektroinstallation und die Wasserversorgung in den Zellen (wodurch es zu Überschwemmungen kam).

Darüber hinaus wurden zerstört: 100 Hosen, 100 Decken, 120 Betttücher, 51 Kissen mit Bezügen, darüber hinaus zerstört wurden die Zwischendecken von 18 Zellen, die die Aufständischen besetzt hatten, sowie die Decke im Gemeinschaftsraum. Wie oben ersichtlich, hielt ich es für angezeigt, alle Schäden festzustellen, zu Lasten der Verantwortlichen aufzulisten und Ihrer Dienststelle zur Kenntnis zu bringen.

Der Brigadiere, Leiter der Außenstelle
(UNTERSCHRIFT)

durchgesehen und bestätigt:
Der Unteroffizier im Aufnahmebüro
(UNTERSCHRIFT)

Paolo fand keinen Schlaf. Die letzten Nachrichten vor Sendeschluss hatten mit dem Bombenanschlag auf das Kaufhaus *Standa* in Vercelli aufgemacht. Nur durch einen glücklichen Zufall sei niemand verletzt worden. Bekennerschreiben gebe es nicht. Es sei die Fortsetzung eines anderen Anschlags gewesen, bei dem die Bombe, die auf den Gleisen der Bahnstrecke Genua–Rom gefunden wurde, nicht explodiert war. Augenzeugen hätten berichtet, dass ihnen eine Frau mit starkem ausländischem Akzent aufgefallen sei.

Paolo erhob sich vom Sofa und suchte ein anderes Programm. Knöpfe drückend, schaltete er zwischen verschiedenen Lokalsendern hin und her, bis er bei einem ungewöhnlichen Bild hängen blieb: Zu sehen war eine junge Frau im Unterkleid, die sich lächelnd an einer Stange festhielt; ihre Kleider lagen um sie herum verstreut am Boden.

Ein Moderator mit Schnurrbart neben ihr las aus einem Hefter eine Frage vor. Er machte keine Anzeichen, sich selbst ausziehen zu wollen, wie man als Zuschauer angesichts seiner plumpen Leibesfülle nur erleichtert feststellen konnte. Technisch verstärkt hörte man im Studio ein Telefon schrillen, dann eine kratzige Stimme, die die Frage beantwortete.

Die Antwort stimmte.

Der Moderator beglückwünschte den Zuschauer, der von zu Hause aus angerufen und richtig geraten hatte.

Und sofort hallte durchs Studio eine triumphale Melodie, die das Mädchen zu etwas veranlasste, was Paolo noch nie zuvor im Fernsehen gesehen hatte: Sich verführerisch windend, streifte sie sich das Unterkleid vom Leib und ließ es zu den anderen Kleidungsstücken am Boden fallen. So stand sie da, nur noch in Slip und BH, und schenkte der Welt ein ebenso strahlendes wie versteinertes Lächeln.

Der Moderator verfiel in einen wahren Begeisterungstaumel. Seine Augen begannen zu glänzen, sein Schnurrbart bebte, das Fett unter seinem Hemd schwabbelte, und den Blick starr ins Publikum zu Hause – also auf Paolo – gerichtet, rief er:

»Wir sind gegen Erotik im Dunkeln. Wir entglorifizieren sie, wir spielen mit ihr, wir entdramatisieren sie. Spielen Sie mit uns, spielen Sie mit bei *Wilder Pyjama!*«

Dann gab er ab für eine Werbepause (für eine Möbelfabrik).

*Entglorifizieren. Entdramatisieren.*

Was für seltsame Worte.

Worte, die Paolo im Fernsehen zuvor noch nie gehört hatte.

Während eines Besuchs hatte sein Sohn ihm erzählt, was im Hochsicherheitsbereich des Gefängnisses geschehen war, gleich nachdem man die Leiche des hochrangigen Politikers gefunden hatte – die entsetzlichsten, bedrohlichsten und undurchsichtigsten Tage jener Bleiernen Jahre. Die inhaftierten Mitglieder der Gruppe, die für die Ermordung verantwortlich war, schlossen die Möglichkeit nicht mehr aus, dass man sie als Vergeltungsmaßnahme im Gefängnis ohne Verfahren hinrichten würde. Allzu deutlich stand ihnen vor Augen, was nicht lange zuvor im Stammheimer Gefängnis geschehen war.

Diese Gefangenen hatten immer einkalkuliert, vielleicht bei einem Schusswechsel getötet zu werden. Ans Alter dachte sicher niemand von ihnen. Einige hatten bereits Genossen durch Schüsse der Sicherheitskräfte sterben sehen, Menschen, mit denen sie Freundschaft, in manchen Fällen sogar Liebe verband. Doch die Vorstellung, ein paramilitärisches Kommando dringe in ihre Zelle ein, um sie mit einem aufgesetzten Schuss in die Stirn im Schlaf zu erschießen – sie wussten, dass eine Hinrichtung nur auf diese Weise, ganz gewiss nicht am hellichten Tag, stattfinden würde –, dieser Gedanke war entsetzlich. Die Angst zu sterben mit einem Male unerträglich.

Ihre Nerven hielten dem Druck fast nicht stand, dieser Mischung aus Unsicherheit, Langeweile und Anspannung. Jedes ungewöhnliche Geräusch, jede Bewegung am Guckloch, jede etwas längere Stille ließ sie augenblicklich glauben, jetzt, jetzt sei es so weit, der Befehl zur Hinrichtung erteilt, ihr letztes Stündlein angebrochen. Und dann schoss das Adrenalin ins Blut, der Blutdruck stieg, das Herz begann zu rasen.

Unzählige Male am Tag wiederholte sich diese Szene. Sich irgendwie gegen die Gefahr zu schützen, hätte wenig genützt. Sie zu ignorieren war unmöglich. Wollten sie nicht den Verstand verlieren, gab es nur noch eins: darüber lachen.

Aber wie? Als sich einer von ihnen den Scherz erlaubte, mit großem Geschrei und einer Sturmhaube (ein alter Pullover) maskiert das Eindringen in die Zelle zu simulieren, hätte ein älterer Genosse mit ohnehin angegriffener Gesundheit fast einen Infarkt bekommen. Und gelacht hatte niemand. So überlegten sie nun, dass sich der Staat, wenn er tatsächlich einen Überfall mit seinen Henkern plante, mit Sicherheit als Hauptziel den Anführer ihrer Gruppe aussuchte. Er würde der Erste sein, der dran glauben musste, da bestand kein Zweifel. Und so beschlossen seine fünf Zellengenossen, ihm den Streich zu spielen.

In der folgenden Nacht blieb alles friedlich, soweit man in einem Gefängnis von »friedlich« reden konnte. Kein Tötungskommando, keine Spezialeinheit hatte, während sie schliefen, das Feuer eröffnet, und am Morgen waren alle heil und munter. Als aber der Anführer der Gruppe von seiner Pritsche aufstand, erblickte er an der Wand darüber eine ununterbrochene Reihe kleiner Pfeile, die dort offenbar in der Nacht aufgemalt worden waren. Die Reihe zog sich von der Zellentür bis zum Kopfende seiner Pritsche, und die Pfeile zeigten eindeutig den Weg zu ihm, oder genauer zu seinem Kopf.

»Du bist doch der Anführer«, erklärten ihm die Zellengenossen. »Wenn die hier einbrechen, um dich abzuknallen, dann möchten wir auch, dass sie wirklich dich finden. Es würde uns ziemlich nerven, wenn sie stattdessen einen von uns erwischen.«

Gar nicht damit einverstanden, machte sich der Anführer der Gruppe daran, die Pfeile zu beseitigen. Doch jede Nacht zeichneten seine Zellengenossen sie neu. So musste er sich schließlich damit abfinden, auf diese Weise wochenlang als lebende Zielscheibe zu schlafen. Irgendwann dann wurde der Ausnahmezustand gelockert, und es war klar, dass, zumindest im Augenblick, niemand hingerichtet würde.

Von dem Treffen, bei dem ihm sein Sohn diese Geschichte erzählt hatte, fuhr er gut gelaunt nach Hause. Sich inmitten dieses Grauens noch gegenseitig Streiche zu spielen, hatte auch etwas zutiefst Menschliches. Und gegen das Fieber des Dogmas gab es keine bessere Medizin als das Lachen. Damals hatte Paolo zum ersten Mal gedacht, dass es für seinen Sohn doch noch Hoffnung geben könnte.

*Entdramatisieren. Entglorifizieren.*

Rettende Worte, wenn man sich inmitten einer Tragödie befand. Doch welches Drama so ein Mädchen in Unterhose zu bewältigen hatte, konnte Paolo partout nicht verstehen.

Er stand auf und schaltete den Fernseher ab. Dann ließ er sich aufs Sofa fallen und bewegte sich eine ganze Weile nicht mehr.

Die Mitteilung der Strafvollzugsbehörde lag offen auf dem Tischchen vor dem Sofa. Der Anwalt seines Sohnes hatte sie ihm geschickt. Er nahm sie zur Hand. Las sie noch einmal durch.

Wie gewissenhaft der Leiter der Außenstelle diese Auflistung verfasst hatte. Eine seltsame Besonnenheit schien darin zu liegen, eine absurde Vernunft – genau das also, was während dieser Revolte, die zu den aufgelisteten Zerstörungen geführt hatte, mit Sicherheit zu kurz gekommen war.

Fast vierundzwanzig Stunden hatte der Aufstand gedauert. Danach hatte man das nahezu vollständig verwüstete Hochsicherheitsgefängnis sofort geschlossen und die Häftlinge, die sich erst nach langen Verhandlungen ergeben hatten, in andere, über das ganze Land verstreute Haftanstalten gebracht.

Als Paolo von der Revolte erfahren hatte, zunächst durch die übliche reißerische, unerbittliche, verleumderische Berichterstattung im Fernsehen, dann durch einen

Anruf des Anwalts, war sein erster Gedanke: *Hoffentlich haben sie ihm nichts getan.*

Und als er hörte, nein, sein Sohn sei unverletzt geblieben, war sein zweiter Gedanke sofort: *Luisa und ich werden jetzt andere Gefängnisse besuchen. Wir werden uns nie mehr treffen.*

Und wie die Tage vergingen und die Revolte in den Fernsehnachrichten in den Hintergrund rückte und die Gefangenen verlegt wurden und alle erleichtert aufatmeten, weil diese ganze Sache, abgesehen von der Armverletzung des Aufsehers durch ein Messer, weniger brutal abgegangen war, als man hatte befürchten müssen, merkte Paolo, dass es immer stärker dieser Gedanke war, der ihn beschäftigte.

*Ich werde sie nicht mehr sehen.*

Als die Autofähre, auf der sie die Nacht miteinander verbracht hatten, im Hafen eingelaufen war, waren sie wie ein beliebiges Pärchen von Bord gegangen. Auf der Landebrücke hatte er ihr den Arm gereicht und ihre Tasche genommen. Zusammen waren sie zum Bahnhof gelaufen und hatten dort den Fahrplan studiert. Sie kauften ihre Fahrkarten, frühstückten in einer Bar mit Milchkaffee und Hörnchen und warteten auf die Abfahrt ihrer Züge: Richtung Nordwesten der von Paolo und Richtung Nordosten der ihre.

Adressen oder Telefonnummern hatten sie nicht ausgetauscht. Doch bis zum Augenblick der Trennung hatten sich ihre Hände nicht voneinander gelöst.

Der Fernseher war schon eine ganze Weile ausgeschaltet. Draußen vor dem Fenster summte die Stille der nächtlichen Stadt. Paolo hätte nicht sagen können, wann er sich genau entschloss, vom Sofa aufzustehen und zum Telefon hinüberzugehen. Irgendwann wurde er sich ganz einfach bewusst, dass er im Flur vor dem Apparat stand und die Nummer der Auskunft wählte, nachdem er sich auf den ersten Seiten im Telefonbuch vergewissert hatte, dass diese tatsächlich, wie vermutet, rund um die Uhr besetzt war.

Luisa hatte ihm ihren Nachnamen gesagt und auch, wie der Ortsteil des Dorfes hieß, in dem sie seit ihrer Heirat lebte. Diese Anhaltspunkte gab er jetzt der netten Dame am anderen Ende der Leitung weiter.

Nach einer kurzen Pause erhielt er eine Vorwahl und eine Telefonnummer. Paolo notierte sie auf dem kleinen Block, der, zusammen mit einem Kugelschreiber, an einer Kordel an der Wand hing. Er bedankte sich. Legte auf. Riss den Zettel vom Block ab und steckte den Kugelschreiber wieder zwischen die Spiralen, die ihn zusammenhielten.

*Das war ja einfach.*

Drei Tage brauchte er, um sich zu einem Anruf durchzuringen.

Jedes Mal, wenn er kurz davor war, fand er wieder eine neue Ausrede: *Nein, jetzt wird sie gerade kochen. Jetzt ist es auch schlecht, sie wird auf dem Feld sein. Nein, vielleicht schläft sie ja schon, da will ich sie nicht stören. Heute ist Sonntag, da geht sie mit Sicherheit zur Kirche. Ach, wozu eigentlich, warum sollte ich sie belästigen, sie hat ja so viel zu tun.*

Als er endlich allen Mut zusammengenommen hatte, antwortete ihm die Stimme, die er schon seit Ewigkeiten zu kennen glaubte.

»Ja, bitte?«

Einen Moment lang hielt er den Atem an, bevor er etwas sagen konnte.

»Luisa.«

»Nein, ich bin Anna, die Tochter.« Sie schien eine Hand auf die Muschel gelegt zu haben, denn ihr Rufen hörte sich gedämpft an. »Mamaaaa, für dich!«

Eine Pause, dann:

»Ich weiß auch nicht. Ein Mann.«

Das Geräusch, wie der Hörer übergeben wurde.

»Ja, bitte? Wer ist da?«

»Luisa. Hier ist Paolo.«

Fast ein Schrei. »Ach! Gott sei Dank!«

Dieses »Gott sei Dank!« hatte Paolo nicht erwartet. Eine plötzliche Leichtigkeit erfasste ihn.

»Ich habe so sehr versucht, dich zu erreichen«, fuhr Luisa fort. »Ich bin sogar zur Post gegangen, um deine Nummer herauszubekommen. Aber bei euch gibt es ja bestimmt fünfzig Familien mit diesem Namen …«

Paolo merkte es nicht, doch ein breites Lächeln überzog sein Gesicht.

»Dafür seid ihr die Einzigen bei euch im Dorf, Luisa.«

»Wo haben sie deinen Sohn hingebracht?«

»Bad'e Carros. Und deinen Mann?«

»Porto Azzurro.«

Sie schwiegen. Lauschten gegenseitig auf den Atem des anderen. Dieses Schweigen war so, wie sie es kannten: kein Schweigen der Verlegenheit, sondern des Trostes.

»Ach ja«, fuhr Luisa dann fort, »seit Tagen schon wollte ich dir etwas sagen. Ich habe ihn jetzt verstanden!«

»Was hast du verstanden?«

»Den Witz mit der Gräfin.«

»Der auf den Spiegeln?«

»Ja, ich habe immer wieder daran gedacht. Ich konnte gar nicht aufhören, daran zu denken, weil ich ihn einfach nicht begriff. Und dann, vor ein paar Tagen, während ich so dasitze und einen Bezug flicke, verstehe ich ihn plötzlich. Die ganze Zeit hatte ich gedacht, sie sagt: ›Ich sah nicht gut aus.‹ Kein Wunder, dass ich es nicht verstanden habe! Aber sie sagt ja: ›Das sah nicht gut aus.‹ Wie dumm!«

»Nein, Luisa, du bist nicht dumm. Das kann ich dir nur immer wieder sagen.«

»Ach, nicht ich.« Ihre Stimme klang aufgekratzt. »Der Witz. Der Witz ist dumm.«

»Ach ja, natürlich. Saudumm ist der.«

Luisa stieß die Luft durch die Nase aus und begann zu kichern.

»Der dümmste Witz, den ich je gehört habe.«

Auch Paolo spürte jetzt ein Kitzeln im Hals.

»Und noch nicht mal besonders lustig.«

»Nein. Wer kann schon über so was lachen?«

»Das möchte ich auch gern mal wissen.«

Und doch lachten beide mittlerweile, lachten schallend, hielten sich die Bäuche vor Lachen. Lachten wie alte Eheleute, die gemeinsam Kinder großgezogen und miterlebt haben, wie die Enkelkinder heranwuchsen. Sie lachten, als würden sie am nächsten Morgen zusammen in jenem Bett aufwachen, in dem sie fünfzig Jahre lang Arm in Arm geschlafen haben, seine weiß behaarte Brust an ihrer Schulter – mittlerweile mit Flecken getüpfelt, aber darum nicht weniger geliebt, als wäre sie noch so glatt wie Seide. Sie lachten wie ein Mann und eine Frau, die, wenn sie einander anschauen, all die Jahre vor sich sehen, die Monate, Tage, Stunden, die sie gemeinsam verbracht haben.

Solange Paolo lebte, spürte er, wenn er an dieses letzte gemeinsame Lachen mit Luisa zurückdachte, immer ein Kitzeln im Hals, den Reiz, einfach loszulachen ohne einen besonderen Grund. Und dann, gleich darauf, kam ihm eine andere Erinnerung in den Sinn, als handele es sich bei den beiden Begebenheiten, dieser sowie der Begegnung mit Luisa, um Zwillingssterne: Er konnte das Teleskop der Erinnerung nicht auf einen Stern richten, ohne dass auch der andere erschien.

Es handelte sich um ein Erlebnis in Framura, als sein Sohn noch ein kleiner Junge war. Sie beide hatten sich aufgemacht, einen Tunnel der stillgelegten Eisenbahnlinie zu erkunden, die an der ligurischen Küste entlangführte. Abgesehen von dem kleinen Lichtkreis der Taschenlampe war die Finsternis total. Sie hatten sich schon weit vom Tunneleingang entfernt und keine Ahnung, wie weit es noch bis zum Ausgang war. Immer wieder stolpernd, drangen sie tiefer und tiefer in die Dunkelheit ein. Sein Sohn, damals mochte er wohl acht gewesen sein, ging an Paolos Hand, umklammerte sie fest mit der ganzen Fläche seiner eigenen kleinen Hand. Um die Angst zu vertreiben, hatten sie zu laut zu rufen begonnen.

»Kuckuck!«, rief der Sohn.

»Tataaaà!«, rief der Vater.

Und das enge Gewölbe des Tunnels, unsichtbar in der Dunkelheit, antwortete mit seinem Echo.

Plötzlich erblickten sie vor sich einen undeutlichen Lichtschein, der das Dunkel zerriss, aber nicht die unverwechselbare spitzbogige Kontur der beiden Tunnelausgänge aufwies. Je näher sie kamen, desto heller wurde das Licht, bis sie erkannten, woher es kam: von einer Öffnung in der rechten Tunnelseite, die zum Meer hin lag. Sie war schmal und teilweise von großen Steinen versperrt, doch mit Händen und Knien bahnten sie sich einen Weg und gelangten ins Freie. Es war ein sonniger Tag, und einige Augenblicke standen sie, von dem grellen

Licht geblendet, nur reglos da und schirmten die Augen gegen die Sonne ab. Als sie die Hände sinken lassen konnten, erkannten sie, wo sie herausgekommen waren: auf einem Felsvorsprung voller Gestrüpp und Steinhaufen steil über dem Meer.

Senkrecht unter ihnen brachen sich die Wellen donnernd an der Betonmauer, mit der die Trasse der alten Eisenbahnlinie befestigt worden war. Noch einen Schritt weiter, und sie wären von dem weißen Brodeln in einigen Dutzend Metern Tiefe verschlungen worden. Doch der Vater hielt den Sohn an den Schultern fest, während sich der Sohn mit seinem ganzen Gewicht gegen dessen Körper zurücklehnte. Lange standen sie so da und schauten auf das schäumende Meer, das sich unter ihnen gegen die Klippen warf, und beide hatten keine Angst.

Weder Vater noch Sohn wussten, wie lang der Tunnel noch war, den sie verlassen hatten. Um nach Hause zu kommen, würden sie umkehren und wieder, fast blind, den Weg Richtung Eingang zurückgehen müssen. Doch in diesem Moment erlebten sie eine Pause vom Dunkel. Und standen hier in diesem Licht, in diesem Wind, hoch über dem Meer.

Und jedes Mal, wenn Paolo in den folgenden Jahren an diesen Moment zurückdachte, hörte er – obwohl er wusste, dass es nur eine Überlagerung zweier Erinnerungen war – die Stimme seines kleinen Sohnes, der die Worte sprach, die in Wirklichkeit erst Luisa viele Jahre später sagen sollte: »Es sieht aus wie Milch. Oder wie Sahne, nein, wie Schaum auf einem Bier.«

# DREISSIG JAHRE SPÄTER

# DREISSIG JAHRE SPÄTER

Bereits vor der Schließung des Hochsicherheitsgefängnisses, die nach den Ereignissen der Gefangenenrevolte erfolgte, hatte Nitti Pierfrancesco bei der zuständigen Behörde den Antrag gestellt, aus gesundheitlichen Gründen in ein Büro der Gefängnisverwaltung versetzt zu werden.

Der Antrag wurde abgelehnt. Im darauf folgenden Jahr musste sich Nitti wegen Magengeschwüren, von denen eines bereits durchgebrochen war, einer Operation unterziehen. Nach der Rückkehr aus der Klinik stellte er den Antrag erneut. Dieses Mal wurde ihm stattgegeben.

Seit der Pensionierung lebt er mit seiner Frau in einem Haus jenseits der Meeresenge. Aus den Esszimmerfenstern kann man zur Insel hinüberschauen. Die Gefängnisgebäude wurden abgerissen, und heute ist die gesamte Insel ein Naturschutzgebiet. In einigen Monaten werden er und Maria Caterina zum dritten Mal Großeltern.

Sechs Jahre nach Luisas Besuch auf der Insel starb ihr Ehemann im Gefängnis von Fossombrone an einem Herzinfarkt.

Seit einigen Jahren hat Luisa eine Beziehung mit einem Mann, einem Freund aus Kindertagen, der seine Frau verloren hat: Jeden Freitag führt er sie zum Tanzen aus und bleibt dann über Nacht bei ihr. Mehrmals schon hat er um ihre Hand angehalten, doch an einer Heirat ist sie nicht interessiert.

Luisa hält keine Tiere mehr. Wie alle im Ort baut sie jetzt Äpfel an. In den zurückliegenden Jahren hat sie verschiedene Portemonnaies in Gebrauch gehabt, das letzte hat ihr eines ihrer neun Enkelkinder geschenkt (sie hat auch bereits einen Urenkel). Im hintersten Fach steckt immer ein vergilbter, mittlerweile über dreißig Jahre alter Zeitungsausschnitt, dessen Falten mit Tesafilm verstärkt sind, damit er nicht auseinanderfällt.

Nachdem Paolos Sohn seine Strafe verbüßt hatte – sechzehn Jahre Haft, dazu acht Jahre Haft als Freigänger –, wurde er Mitgründer einer Genossenschaft, die sich die Resozialisierung und Reintegrierung von Strafgefangenen in den Arbeitsmarkt zum Ziel gesetzt hat. Außerdem kümmert er sich um die Katalogisierung der rund achttausend Bücher seines Vaters, der in seinem Testament bereits verfügt hat, dass der gesamte Bestand nach seinem Tod an die Bibliothek des Gefängnisses der Stadt gehen soll.

Viele Jahre nach seiner Verhaftung, den Prozessen und der endgültigen Verurteilung hat er, noch vom Gefängnis aus, den Angehörigen seiner Opfer persönliche Briefe geschrieben, darunter dem – damals bereits erwachsenen – kleinen Mädchen von dem Foto. Trotz verschiedenster Anfragen von Journalisten und Zeitungen hat er weder damals noch später jemals ein Interview geben wollen.

Vater und Sohn leben zusammen.

# Danksagung

Jede Geschichte hat ihre besonderen Unterstützer. Bei dieser hier steht an erster Stelle Giovanni Fasanella mit seinem unerreichbaren Wissen zu allem, was mit den sogenannten Bleiernen Jahren zu tun hat. Dann waren da noch Riccardo Dello Sbarba, Silvana Gandolfi, Marco Vigevani sowie Claire Sabatier. Und, wie immer, wie bei allem, Carlo.

Um dieses Buch zu schreiben, habe ich mit zahlreichen Zeitzeugen gesprochen: ehemaligen Strafvollzugsbeamten, früheren Terroristen, Exhäftlingen in Hochsicherheitsgefängnissen, Richtern, Angehörigen von Opfern politischer Gewalttaten.

Einige Namen sind bekannt, zumindest für jene, die die damaligen Ereignisse verfolgt haben, die meisten aber nicht. Bei allen jedoch hat diese Zeit schmerzliche, unauslöschliche Spuren hinterlassen.

Ich bin ihnen sehr dankbar für das Vertrauen, mit dem sie mir auch von Erfahrungen erzählt haben, an die man sich nur äußerst ungern erinnert. Dennoch habe ich mich dazu entschlossen, sie hier nicht namentlich zu erwähnen – die Betreffenden wissen, dass sie gemeint sind.

Dies nicht nur, weil keine der Romanfiguren tatsächlich gelebt hat und alle hier erzählten Ereignisse das Ergebnis einer fiktionalen Gestaltung jener Epoche sind, sondern vor allem, um keinen Zweifel daran zu lassen: Die Verantwortung für mögliche Ungenauigkeiten oder Fehler in der Darstellung sowie für alle im Roman wiedergegebenen Meinungen liegt ganz allein bei mir.

## Italienische Literatur bei Wagenbach

*Francesca Melandri*   *Eva schläft*   Roman

Eva ist Anfang vierzig, als sie einen Anruf des Mannes erhält, der eine Zeitlang die Rolle ihres Vaters einnahm, ehe er verschwand. Nun liegt er im Sterben und will Eva noch einmal sehen. Sie reist mit dem Zug von Südtirol quer durch Italien in den äußersten Süden – und erinnert sich unterwegs an ihre Kindheit. Der Roman einer Provinz ohne Vaterland und eines Mädchens ohne Vater.

Aus dem Italienischen von Bruno Genzler
WAT 805. Broschiert. 440 Seiten

*Giulia Caminito*   *Ein Tag wird kommen*   Roman

Eine italienische Familiengeschichte in Zeiten des aufkeimenden Faschismus, ein politischer Roman über Schuld und Anarchie, Widerstand und unverwüstliche Hoffnung – in einer Sprache, so zärtlich-rau wie die Liebe zwischen zwei Brüdern.

Aus dem Italienischen von Barbara Kleiner
WAT 852. Broschiert. 272 Seiten



Verlag Klaus Wagenbach   Emser Straße 40/41   10719 Berlin
www.wagenbach.de   vertrieb@wagenbach.de